文芸社セレクション

明鏡止水　杖剣奔る（じょうけんはしる）

片岡 利雄

目次

明鏡止水

杖剣奔る

一　夜鷹なつの哀話

天保十年如月（二月）、日暮れが早足で迫る。酉の刻暮れ六つともなると近郷近在からの参詣客や諸国からの物見遊山客で賑わった、浅草仲見世通りの土産物屋は店を仕舞いはじめ表戸を下ろす。あわただしかった一日の終わりだ。なかにはそれでも残り少ない参詣客を当て込んで未練がましく仕舞いあぐねている店もある。辺りは昼間の喧騒が嘘のように今は人通りもまばらになり、店先の軒行灯だけが寒々と灯りを点けているだけだ。辺りは夜の帳に包まれようとしている。反対に広小路界隈は茶店や居酒屋、飯屋、矢場がいっそうの賑わいを見せていることだろうと波沼龍之伸は想像した。

時折、野良犬だろうか甲高い遠吠えが北からの風に乗って哀しげに尾を引いて聞こえてくる。小さな風に吹かれて枯葉がカラカラと乾いた音を立てて地面を転がっていく。

薄墨を掃いたように、仄暗い通りの辻に立つ常夜灯の明かりだけが辺りをボーッと明るくしている。

波沼龍之伸は杖を頼りに吾妻橋の前を通り過ぎると雷門が左に見えるはずだ。しかし龍之伸の視界には入らない。広小路の賑わいが潮騒のように龍之伸の耳底に響いてくる。自分には縁のない賑わいだと気持ちの中で呟き、茶屋町の辻を左に曲がった。時折、波沼龍之伸が地面を叩く杖の根付の鈴がチリンと鳴る。

ここまで来ると仲見世通りとはまた様子が変わる。小さな居酒屋や茶店の赤提灯が仕事帰りの職人や小店の奉公人を呼び込んでいる。

軒を連ねる店の中から客と酌女の嬌声が表まで飛び出してくる。ここだけはまだ宵の口だ。「じゃぁ、また明日ね」酌女が小店の番頭と思しき男と手を取り合って名残を惜しんでいる。客が去ると酌女は何事もなかったかのように赤い蹴出しを翻して店に戻って行った。

小間物屋の脇の柿の枝から枯葉が音も無く波沼龍之伸の肩に落ちてきた。北風がヒューッと端正な龍之伸の横顔を吹きぬけた。

「おー寒っ」呟いて肩をブルッと震わせ首をちぢこめ襟を合わせた。ついでに首巻も直した。杖の鈴がチリンと乾いた音を立てた。

今夜はえらい冷え込んでくると思ったらいつの間にか小雪が落ち始めていた。小さい風が剃髪した頭をなでていった。空を見上げた。薄墨の空間が弱視の網膜に広がるだけだ。

雪か、呟いて再び歩き出した。龍之伸の地面を叩く杖の根付の鈴がその都度小さな澄んだ音を如月の夜の寒気の中で鳴った。一刻も歩いただろうか、雪は止んで雲間から半月が顔を出した。龍之伸の影を地面に薄く映した。

時折行き交う通行人も寒風に首を縮込め、背中を押されるように足早に通り過ぎていく。

龍之伸は自らの目で影をはっきりと見ることはできない。勿論、他の景色も同じだ。軒先の赤提灯の途切れた通りへ出た。ここまで来ると行き交う者も殆どいない。たまに吉原遊郭から揚々と引き上げる遊客だろうか、声高に遊女との睦み合った情景を喋り合う二人連れが、チラッと波沼龍之伸を見て通り過ぎた。中には同じ遊客でも小金を持つ遊客は吉原駕籠で遊女と過ごした享楽の一時の想いを乗せて行く。あとは千鳥足の酔っ払いか、遅い帰りの棒手振りか、夜鳴き蕎麦屋くらいのものだ。

また、雪が降り始めた。

「にいさん、どう三拾文でいいわよ」

暗がりの辻から突然出てきた夜鷹が声を潜めて波沼龍之伸の袂を引いた。夜鷹は商売道具の茣蓙を抱き抱え顔を隠すように手拭を頭からすっぽりと被り、手拭いの片端を口にくわえている。春を売る商売故の恥ずかしさなのか、それとも歳をごまかす方便なのか、いずれにしてもその類でしかない。

時折、通行人が二人を珍しいものでも見るように振り返って行く。

波沼龍之伸は杖で地面を叩きながら黙って歩を進めた。風が出てきたのか道端の木の枝がざわついた。夜鷹の被った手拭いも風に煽られた。手拭いに付いた雪が小さく散った。着物の裾が少し捲れた。草履を履いた素足の白さが月明かりを受けて見えるが波沼龍之伸の目には届かない。またも白粉の匂いだろうか、かすかに鼻先を掠めていった。

「どう、安くするからさ、今夜はついてないのよ。にいさん好い男だから十五文にしとくからさ、あたしの身体は温かいわよ、情を込めて尽くすからさ、ねぇ抱いとくれよ」

夜鷹はさっきよりも強く袂を引っ張って身体を寄せてくる。さっきよりもきつい白粉の匂いがした。

「あっしにぁ、その気がないんで他の客を当たっておくんなさい」

波沼龍之伸は夜鷹に顔を向けて初めて口を開いた。しかし夜鷹の顔や容姿を見ることはできない。短い会話と声の響きから歳は三十から四十歳くらいだろうと推し量った。

「姐さんもこの寒いのに苦労なさるねぇ」

ぽつり一言声を返した。突風が道端の柳の枝を騒つかせた。枝からぱらぱらと小雪が散った。古着屋の軒先にぶら下がった看板がカタカタと乾いた音を立てた。

「今夜は冷えるわねぇ。うちの里はもう雪がだいぶ積もっているころよ」

夜鷹は聞きもしないのに独り言のように呟き、身体をさっきよりも強く摺り寄せてきた。

風が夜鷹の顔を被っている手拭いをなびかせた。波沼龍之伸も剃髪した頭に二月の冷え込みをぐっと感じた。

夜鷹の一言に寂しさが滲んでいた。波沼龍之伸は夜鷹の心の中が痛いほど勘でわかった。

「姐さん、故郷は」

「会津の貧しい水呑百姓よ」

心なしか寂しげな声と投げやりな一言、あとは口を噤んだ。

「波龍の旦那、今夜はやけに冷えるねぇ。雪がちらついてますぜ」

横合いからふいに声が掛かった。馴染みのおでん屋のおやじだ。

波沼龍之伸の住む棟割長屋の住人は長ったらしい名前は呼びづらいからと、波沼龍之伸を縮めて波龍と呼ぶ。

「姐さん、ちょっと暖まっていかないかい、これも何かの縁だからさ」

波龍も身の上話の一つでも聞いてやれば、少しは気持ちに温かさを持つだろうと思って誘ったのだ。

「こんな格好のわたしでもいいのかぇ」

商売を気にしているのだろう。この言い方に波龍は不憫を感じた。

「構やしないよ。一杯おごるから、おやじさんいいだろう」

苦界に身を委ねて生きる薄幸な女の哀れな生き様に波龍は心の痛むのを感じていた。

「あいよ」おやじは屋台の向こうから気さくに声を返した。風除けのよしず立ての中から美味そうなおでんの匂いが寒風にのって鼻先を掠めた。

夜鷹が手拭いを取った顔は三十路そこそこに見えた。おでん屋のおやじは「姐さん、別嬪だねぇ。生まれは江戸かい?」

おやじは女の容姿が波龍に少しでも分かるように声高に表現した。

徳利とぐい呑み茶碗を二人の前に置いたおやじは、ぐい呑みに酒を注いだ。熱燗が波龍の冷えた身体を一気に巡りほっと一息ついた。

夜鷹も一気にぐい呑みをあけると、一息ついて名を「なつ」と名乗った。

なつは会津の貧しい百姓の五人姉弟の二女として生まれた。口減らしのために十三歳の春、日本橋の呉服屋へ奉公に出された。

桜が咲き、そして散り三年が過ぎ四年が経つ頃には江戸の水が性に合ったのか、なつの美貌は際立ってきた。店の男衆はもちろんのこと、近隣の大店の二代目までもが言い寄ってきた。呉服屋の主人も日ごとに美しさを増してきたなつを、己独りのものにしたいという欲望が日増しに胸中に膨れはじめた。五年目の店の花見の帰りになつを料亭に誘い無理遣り口説いた。なつは金銭の援助を受けることで妾になることを承諾した。

主人は内儀や店者の手前もあり根岸に妾宅を構えなつを住まわせた。三日に一度の割合でせっせと通って来ていた。

何事もなくあっという間に十年が過ぎた。事件が起きたのは真夏の夜だった。

その日は朝からじりじりと庭の草木も焼き尽くすような日差しが照りつけていた。空には夏雲が立ち蝉の鳴き声が暑さにいっそう輪をかける。

なつは団扇をばたつかせながら胸元に風を入れていた。表から「ひやっこい、ひやっこい」冷水を売る棒手振りの声が聞こえた。

「一杯おくんなさい」「へぇ、三文で、これでひと息ついておくんなさい。甘味を多くしときやしたから」

棒手振りはなつの持つ丼に冷水を入れるとあとは「ひやっこい…」売り言葉を残して遠ざかって行った。

未の刻八つあれだけうるさかった蟬の鳴き声がぴたりと止んだ。俄かに東の空が黒雲に覆われ、あっという間に手桶をひっくり返したように雨が降り出した。

「これで少しは涼しくなるかしら」独り呟き団扇を使う手を休めた。

暮れ六つ頃には本降りになった。篠突く雨に風が加わって暴風雨になった。

この夜を境になつの二十三年の人生はがらがらと崩れ始めた。

戌の刻五つを過ぎた時だった、表戸を激しく叩く音になつは主人が来たものと思い不用意に心張棒と閂を外した。瞬間、ぎょっとなった。目を見張ったまま身体が固まった。目の前にずぶ濡れの男が仁王立ちに立ちはだかっている。六尺はあろうかというほどの大男は黙って後ろ手に戸を閉め閂をかけ、奥へ顎をしゃくった。奥へ行けという仕草だ。行灯の揺れる明かりに浮き上がった男の姿は髪はざんばら、ほほ骨は尖り、目は凹みまるで鬼面の形相に見えた。殺される、その瞬間戦慄が背筋から全身を襲った。なつの顔から血の気が失せた。

風雨が雨戸を激しく打ち続ける。助けを求める声も出ない。雨戸のガタガタと鳴る音がまるで地獄へ誘う咆哮のように聞こえた。

男はずかずかと土足で上がり込んできた。びしょ濡れになった男のみすぼらしい汚れた着物から滴が畳の上にボタボタと落ちた。春先に入れ替えた畳の青さの上に滴がみるみる黒い染みを浮き上がらせた。

なつは腰の抜けたままで男に向かって両手を合わせ、許しを乞うような仕草しかできなかった。顔は恐怖で蒼白のまま強張っている。

男はなつの哀願する仕草を見下すように仁王立ちのまま、滴のしたたる着物を脱ぎ捨て全裸を薄暗い行灯の灯りの中に晒した。その姿はこの世のものとは思えない化け物であった。

風雨が一そう強まったのか雨戸を打つ音が大きさを増してきた。ドドンバシッ、耳を劈くほどの雷鳴と同時に雨戸の隙間に強烈な稲光が走った。

なつは頭の中で状況を判断する力をすでに失っていた。ただ夢遊病を背負ったかのように哀願する姿でその場にへたり込んだまま、目は宙を泳いでいるだけだ。なつの哀願する仕草の中で夜目にもはっきりと分かる、浴衣の裾からむき出した脹脛（ふくらはぎ）の白さに、男の凹んだ目がぎらついた。男の欲情に火がついた。男は本能をむき出した。雄の野獣と化した男は本能の赴くままに、なつに襲い掛かっていた。なつは化け物のなすがままに身を穢され続けた。なつの頭からは思考する術はすでに欠落していた。風雨はますます勢力を増して庭の樹木といわず雨戸といわず家までも揺さぶり続けた。なつの身体は男の本能の嵐に苛まれ続けた。何刻過ぎたのかさえ分からない。男は凌辱の限りを尽くしなつを責め立て己の欲望を満足させた。まさに鬼畜にも劣る行為だ。

部屋の行灯の灯りだけが何事もないように灯り続けている。薄明かりの中、浴衣からはだけたなつの豊満な双の乳房とすっと伸びた素足は、凄艶な地獄絵図となって畳の上に放心状態で横たわっている。

どす黒い本能を存分に吐き出した男は次は奥の間に入るなり、箪笥を片っ端から開け始めた。丈の合わないこの家の主人の着物を羽織るなり今度は金目のものを探し始めた。なつはうつろな目で男の狼藉ぶりをぼんやりと見つめていた。男は箪笥の小引出しから簪（かんざし）を取り出した。珊瑚と金細工を施した見事なものだ。

男の凹んだ目に狡猾な濁った光が宿った。

「それだけは持って行かないで」なつは気力の絶えたか細い声で男を見上げた。男はなつの手を払いのけ、なおも物色を続けた。そして金目の物はほとんど奪い盗っていた。

いつの間にか暴風雨も治まり東の空が白んできたのか、雨戸の隙間から数条の薄明かりが斜めに入り始めた。

男はなつを一瞥して表口へ向かったが、何を思ったのか引き返してくるなり行灯を倒した。証拠を消そうという魂胆だ。行燈から漏れた油に火がつきあっという間に畳を這って障子に燃え移った。なつは這うように表口から外へ逃げた。水溜まりに素足を取られた。ほどなく半鐘の乱打があとを追って聞こえてきた。どこをどう彷徨ったのか、その日を境になつの姿は根岸からぷっつりと消えた。

知らせを聞いた主人が妾宅へ駆けつけたときには跡形もなく完全に焼け落ちていた。主人はあらゆる手を尽くしてなつを探したが行方は杳として分からなかった。以来、半年が経ち一年が過ぎ、四季を繰り返して五年も過ぎる頃には主人の心からなつの面影は殆ど消えていた。

なつはあの暴風雨の夜以来、鬼面の中に凹んだ目を持つ男の顔と、罪人に科せられた刑を示す腕の中ほどにぐるっと刻まれている黒い二本の刺青（いれずみ）を忘れたことはひと時もなかった。ただ一つの目的、復讐を果たすために夜鷹に身を堕とし、夜ごと鬼面の男を探した。

四季が移ろい年が替わってもなつはひたすら男を探した。自分の生きる道を台無しにした憎んでも憎み切れないあの男を探し出したら、相討ちでもいい男の命を取って自分も命を絶つと心に決めていた。

なつは波龍に心を許したのか、今まで誰にも語ったことのない過去を話した。話し終えてホッとしたのか、冷えた酒を一気に飲み干した。

「大悪党だね。風上にもおけねぇ奴だ。してそいつの行方はまだ?」

おやじが同情と一緒に憎さも口にした。

「奥山界隈を時々うろついてるらしいの」

「もし見つかれば、あっしも助勢しますよ」

波龍は、そう言わざるを得ない気持ちになっていた。

「ありがとうございます」

なつは礼を言ったものの、どうして助勢をしてくれるのか、目の不自由なこの人に何ができるのだろうと思うしかなかった。

波龍は何を思ったのか懐から懐紙と矢立を取り出し、行灯に顔をくっつけるようにして長屋の所在を記した。

「姐さん、もしならず者の居場所が分かったらあっしに知らせておくんなさい。恨みが晴らせるよう助勢をしますから」

一言添えて懐紙を渡した。

「あんたも苦労があったんだね。悪い奴は必ずどこかで仕返しを受けますよ。今夜はこのおやじが奢りますから気のいくまで呑みなせぇ。気にすることはねぇからさ」

おでん屋のおやじもなつの話を聞いて不憫になったのだろう。しんみりした口調で二人に声をかけた。寒風が屋台の提灯を大きく揺らした。

いつの間にか雪は止んでいた。半月が鋭い刃物のように天で輝いている。

二　波沼龍之伸　江戸への旅立ち

波沼龍之伸は陸奥のある藩士の次男として生まれた。幼少の頃から文武二道を習い特に武道は人並み優れた才能を持っていた。同期入門の門弟たちに二段階、三段階の差をつけて昇段していった。十二歳にして早くも門弟たちから一目も二目も置かれる存在になっていた。

順風満帆できた十五歳の春、流行病（はやりやまい）を患い視力が少しずつ低下していった。夏を過ぎる頃には見るものが掠れるようになり、秋が過ぎ冬到来の頃には僅かに明かりが見える程度にまでに視力は悪化していた。両親はありとあらゆる手を尽くして名医と聞くと診察を仰いだ。しかし結果はいずれも芳しくなかった。

龍之伸は奈落の底に突き落とされた心境の中で絶望感だけが増幅していった。ただただ暗澹たる日々が過ぎていった。数ヶ月が経ったある日、座敷に迷い込んだ小雀が畳の目を啄んでいた。龍之伸の右一尺のところまで来ていた。何かいる。脳を刺激するように全身に勘が閃いた。勘の赴くままに静かに手を差し出した。小雀が手に触れた。龍之伸の心が通じたのか小雀はそっと触れた手の平を啄んだ。驚いたのは龍之伸だ。その時、静の心境を悟った。その日以来、小雀は時々、舞い込んでくるようになった。龍之伸に心眼が芽生えたのもこの頃であった。小雀との出会いを境に心で物の存在が分かってきた。不思議なもので勘もますます冴えてきた。

道場で先生から剣の道は「明鏡止水」に通じるものだと教えられた。龍之伸はその意味をこの時初めて悟った。絶望から這い上がるように目は不自由でも生きる道は必ずある。心眼と勘を頼りに龍之伸は道場へ再び通い始めた。

視力が低下する分、動きに対する勘だけは異常な早さで発達していった。それは小雀との出会いで生きることへの新しい指針を見つけることができたからである。

道場では、はじめこそ隙をつかれて、殆どの立ち会いで負けていた。しかし見えない分だけ聴覚が鋭さを増し相手との間合い、相手の呼吸の増減など健常者には分からない領域を会得していった。それが心眼となり脳に映った。その結果、ますます明鏡止水の心境につながっていった。その勘が剣術に伝わり技量はますます上達していった。一年が過ぎるころには視力を失う前の技量を完全に取り戻していた。

しかし八割方視力を失った龍之伸には、武士として生きていくだけの存在はほぼ絶望的であった。先行きを案じた母は然るべき縁を頼り江戸へ龍之伸を発たせた。龍之伸が十七歳の春である。江戸に落ち着いた。母方の縁者の助言もあって、揉み治療（按摩）を習得した。以来、今日まで生業としている。

数年前から浅草に程近い駒形町の棟割五軒長屋の一軒に住居を構えている。独り住まいながら近所のおかみさん連中が何くれとなく面倒を見てくれている。日常生活には何一つ不自由さを感じていない。龍之伸も礼とはいかなくとも年寄りの肩揉みや腰揉みで礼をちゃんと返している。

今夜も揉み治療を終えて家路を急いでいた。夜鳴き蕎麦屋が白い息を吐きながら「遅くまで気張るねぇ」ちらっと龍之伸を見て声をかけた。しばらく行くと棒手振りが肩にかけた天秤棒をずらして肩の位置を変え声をかけて通り過ぎた。

立春を過ぎたとはいえ今夜は冷え込みがきつい。歩きを止め、手の平に息を吹きかけた。

歩いてきた時間からして東仲町辺りだろうと感じた時「波龍さんじゃないの」後ろから聞き覚えのある声がかかった。

「絹春姐さんかぇ」

「そうよ、遅くまで大変だね。今夜は何処まで行ったんだね」

絹春は波龍の脇に歩を合わせた。鬢付けの匂いが鼻腔を掠めた。ふっと息が詰まるような色気のある甘い匂いを吸い込んだ。

「絹春姐さんも頑張りなさるねぇ、あっしは田原町の丸美屋さんの本家まで。そう言う姐さんも遅いじゃありませんか」

「あの大店の丸美屋さんかぇ、波龍さんもたいしたもんだねぇ。この前もお座敷で大口屋の旦那さんが波龍さんはツボを心得た揉み方をしてくれるから、本物だって褒めていましたよ」

時折、波龍の杖に付けた根付の鈴が鳴る。

「わたしは今夜は日本橋の旦那衆の集まりに呼ばれたんでね」

酒のせいか温かい息が波龍の頬にかかった。何故か胸が鳴った。

絹春は浅草の芸者で、一ヶ月も前から頼まないと座敷には呼ぶことができないほどの人気芸者である。美貌と気風の良さが旦那衆に人気があり、中には一軒持たすからと、暗に妾にならないかと声をかける旦那もいる。しかし絹春はどんな好条件でも決して首を縦に振ろうとはしない。二十七歳になる今日まで絹春の周りには男の影がまったく無い。その身持ちの堅いところが人気の所以でもある。これも浅草七不思議のひとつだと旦那衆の間でもことあるごとに語られている。

「それにしても今夜はやけに冷えるわねぇ、何処かで一杯キューとやって身も心も温まりたいわねぇ」

絹春は両手を胸の前で交差させてブルッと身を震わせた。

「いま、あっしもどこかでと、それを考えていたところでさぁ」

澄み切った夜空に星を従えるように月が煌々と下界を照らし影を二つ作っている。

「それじゃぁ、あそこの居酒屋でどぉ」

一町ほど先に赤提灯を下げた居酒屋の表障子から明かりがぼんやりともれている。

絹春が指差した。波龍は勘で絹春の仕草が分かった。

道端の葉を落とした柳の枝が騒(ざわ)ついた。小さな突風が二人を後押しするように吹き抜けた。二人は申し合わせたようにぶるっと身を震わせた。

波沼龍之伸は言葉を使い分けることを心がけている。按摩を生業としている時や長屋の連中、町人と付き合う時は町人言葉に、それ以外では武家の言葉に戻る。

波沼龍之伸が五軒長屋に引っ越してきた日、挨拶回りをした時に、長屋の連中は波沼龍之伸さんってお侍のような名前は言いづらいしさ、第一舌を噛みそうでややこしいじゃねぇか。こちとら江戸っ子だからよ、短くして波龍さんと呼ばせてもらうよ、と勝手に別名を付けられた。それが今の波龍と呼ばれる謂れである。それ以来、龍之伸もこの呼び名を結構気に入っている。

二人は影と一緒に居酒屋まであと僅かというところまできた時、横丁の路地からふらつきながら若い二人の男が現れた。右に揺れ左に揺れている。どう見ても只の酔っ払いだ。酔っ払いはすれ違いざま「よう、お二人さんよ。仲がよろしいようで、そこの居酒屋で一杯付き合ってくれねぇか。そっちの別嬪さんよ、お前さん一人でいいんだよ。杖を持ってる方はさっさと消えな」

あからさまにお前には用はない、絹春だけが目当てだと言わんばかりのぞんざいな言い草を投げてきた。

「取り合わないほうがいいわよ」

絹春が小声をかけた。

「分かってまさぁ」

絹春と波龍は酔っ払いを無視して歩きを早めた。

「よう姐さん、別嬪さんよ、そう邪険にしなくたっていいだろうよ。何とか言ったらどうなんだ。付き合うのか、どっちなんだ。はっきりしろよ。こちとら気が短けぇんだ」

酔っ払いが二人を見縊ったのか言葉を荒げてきた。荒い言葉で脅かそうという魂胆だ。

「嫌だね。いくら金を積まれたってお前さんらみたいな小汚い酔っ払いは真っ平ごめんだね」

絹春が気風のいい啖呵でぴしゃりと撥ねつけた。

「何だと、俺を誰だと思ってるんだい。ちったぁ知られた川向こうの権太って言うんだ。此奴は俺の舎弟の三太だ。此奴が暴れたら手が付けられねぇぜ。なんなら暴れさせてやろうか。三太よ、腹ごなしにひと暴れしてみるか」

「あいよ」

三太は得意気に指をぽきぽき鳴らし、いかにもならず者だと言わんばかりに肩を怒らせ覗き込む。

「夏の蠅じゃあるまいし、うるさいわね、お前さんたちには用はないわよ」

絹春は蠅でも追い払うように近寄るなという仕草をした。

「そっちに用はなくてもこっちにはあるんだからよぅ」

三太は背を少し前かがみに足をやや逆八の字に開いて歩きながら、肩を小刻みに揺する恰好でしきりに指をポキポキ鳴らし言いがかりをつけてくる。

あまりのしつこさに業を煮やした絹春が、やや声高にきつい一言を投げ返した。その光景はまるで鉄火肌の姐御と見紛うほどの迫力だ。

「そっちが川向こうの小汚い酔っ払いなら、こっちは浅草でちったぁ知られた絹春って芸者だい。小汚い酔っ払いよ、そっちがその気なら勝負したっていいんだよ。吠え面をかくのは薄汚いお前さんらだよ」

成り行きに耳を傾けていた波龍が、

「姐さんこの場はあっしが、此奴らの相手をしましょう。姐さんの綺麗な着物に此奴らの小汚い垢が付いちゃぁ着物が泣きますぜ」

「何だ按摩か、なかなか大口を叩くじゃねぇか、お前なんかに用はねぇんだ。とっとと消え失せな。それとも俺と勝負して吠え面をかいて土下座して謝るか」

横一列に四人が並んだ。むせ返るほどの酒臭さだ。酔っ払いは声高に尚も絹春に迫る。

「言葉を返すようだが、消えるのは酔っ払いの小汚い権太とか言ったな、お前さんだよ。悪いことは言わねぇから怪我をしねぇうちにさっさと川向こうに帰んなせぇ」

波龍は剣術で鍛えた声量で忠告した。

権太はこの言葉を挑発と受けたのか一そう語気を荒げてきた。

「按摩の分際でいっぱしの聞いたようなことをほざくな」

酔っ払いは波龍を只の按摩と見縊ったのか言いたい放題だ。その時、酔っ払いが絹春の手首を掴もうとした。波龍の勘が働いた。心眼に動きが映った。半歩踏み込むなり杖の柄で権太の右手首をしたたかに撥ね上げた。その様はまさに波龍の真骨頂であった。撥ね上げると同時に「小汚い手で触るな」波龍が怒鳴った。

この騒ぎに気づいた居酒屋の客や通りすがりの男たちが、遠巻きに四人の成り行きを見守り始めた。酔っ払いは撥ね上げられた瞬間、右手に激痛が走った。痛さのあまり顔をしかめながらも野次馬の手前「やるのか」虚勢を張り散らすが、痛さで声がおどっている。

「どうしてもやるってんなら受けるぜ」

波龍は静かな口調ながら周囲を威圧する声で相手の正面に立った。

その時波龍と絹春は酔っ払いと対峙する形になっていた、

「姐さんは下がっていておくんなせぇ」

波龍は左手で絹春を制した。

「あたしが片付けるから波龍さんこそ下がってて」

「火事と喧嘩は江戸の華だい、やれやれ」

威勢のいい野次が飛んできた。この時すでに野次馬は二十人を超えていた。

「いや、姐さんはお座敷がある身だ。あっしは万一怪我をしたところで二、三日も休めば済むことですから」

「何をごちゃごちゃごたくを並べてんだい」

酔っ払いが野次馬の手前、喧嘩口調でまくし立てた。声は相変わらずおどっている。

「じゃぁ、波龍さんに任せたよ」

絹春は何時でも飛び出せるように波龍の後方についた。そして絹春は絹返しという護身術を編み出している。おそらく使う必要はないだろうと思いながらも、万一のことを考えて帯下の絹糸で編んだ組紐に右手を忍ばせた。

「つべこべ言わずに掛かってきやがれ」

酔っ払いはますます苛立ってきた。

波龍は耳に全神経を集中した。相手の呼吸と身の動きが耳を伝わって分かる。その時だ、酔っ払いは抱きつくような格好で突っ込んできた。波龍は相手の動きを研ぎ澄まされた聴覚と神経で逸速く察して、右に身体を躱すと同時に杖が小さく弧を描いてシュッとしなり小さな音を立てた。杖が酔っ払いの左の足を払った。見事な早業だ。酔っ払いの身体は、これも見事なまでにどっと横倒しになった。根付の鈴が一つ鳴っただけだ。「何ということだ」野次馬の中からドッと声が上がった。波龍の素早い動作に皆が驚いたのだ。

頬を地面に打ち付けて横倒しになったのは権太だ。これを見た三太が同じ動作で突っ込んできた。波龍は返す左手で三太の頬を思いっきり張った。「グシャ」と口から異音がした。三太の奥歯が二、三本折れ口から飛び出した。三太は異音と同時にその場にへたり込んだ。両手で顔を抱え込むように呻いている。両手の指の間から血が滴っている。

波龍の左手には何時の間にか念珠が嵌(はま)っている。初めて江戸へ旅立つ朝、龍之伸の無事と幸せを願って母が持たせた念珠だ。

「てめぇ、本気でやる気だな」酔いの醒めかけた権太がひと声喚いて懐から匕首(あいくち)を抜いた。月明かりの中で鈍い光を放った。波龍の目にわずかに月光に反射した匕首の光が入った。野次馬が一斉に数歩退いた。三太もしゃがみ込んだまま匕首を抜いた。しかしその格好は到底、波龍に立ち向かう姿勢ではない。それでも二本の匕首が冷たい夜気の中で殺気を呼んだ。

絹春は万が一にも波龍に不測の事態が起きれば伝家の宝刀とも言うべき「絹返しの術」を使おうと、常夜灯の横へ移った。波龍は杖の先を権太に向け右手だけで正眼に構えた。杖の先端の小さな鋼玉が月明かりを受けて小さく光った。根付の鈴が鳴った。三太がよろよろと立ち上がって波龍の後に回った。波龍は三太の微かな草履の擦り音も聞き逃さなかった。微動だにしない構えに二人は狼狽した。波龍は耳で前の権太と後ろの三太の距離を測った。どっちも一間半ほどだ。頭の中で倒す順序を組み立てた。全身の神経を杖の先に集中した。二割ほど残っている視力が月明かりを受けた匕首の刃先の光を僅かに捉えている。こんどは八双の構えから権太の右肩を上段から払って匕首を落とす。そのまま半回転し後ろの三太の右腕を払う。勘だけが頼りだ。瞬間、心眼に狼狽する二人の動きがはっきりと映った。

よし決まった。脳が指令をだした。

その刹那、如月の夜の寒気を裂いて「イヤーッ」波龍の気合いが走った。権太との間合いを一気に三尺ほど詰めた。杖の先端六寸が指令通り動いた。気合いが周囲の空気を裂いた。気合いが消えぬうちに権太が前のめりに倒れると同時に、三太が後ろから突っ込んできた。一瞬、波龍の動きが速かった。権太を上段から払った杖が半回転しざま三太の右腕をほぼ水平に払った。三太も尻餅をついた。二本の匕首が相前後して地面に転がった。最早、野次馬は波龍の桁はずれた強さを信じるしかなかった。

「見事」野次馬の中から太い声が飛んできた。

波龍は声の方向に耳を傾けた。あの発声は侍の声だ。波龍も武家の育ちだ。直感で分かった。波龍の聴覚は目の不自由な分だけ健常者に比べ数倍も優れている。

「御主、中々の使い手と見たが」

再び声がかかった。野次馬がさっと二手に割れた。六尺はあろう一人の侍が野次馬の中から悠然と現れた。

「恐れ入ります。わたしはそこの酔っ払いが訳の分からぬ因縁をつけてきたものでつい許せなくって、とんだところをお見せしました」

「いやぁ、見事な剣さばきで。あっ、これは失礼、杖さばきでござった」

この会話に野次馬がどっと笑った。

権太と三太は最初の大口はどこへやら、打ちのめされた惨めな姿を地面に晒し野次馬の失笑をかっている。権太は両者の会話を聞いているうちに相手が相当の使い手と見たのか、じりじりと方向を変えて立ち上がり逃げる仕草を見せた。

「待て、そこのごろつき」

侍が一喝して二人の前に立ちはだかった。この一喝で二人はその場に腰が抜けたようにへたり込んだ。

「うぬら、この方に勝てると思って喧嘩を売ったのか。それとも目が不自由なことを分かって喧嘩を売ったのか、愚か者が。本気でやられたら今頃はあの世への入り口だったぞ。命があるだけでもありがたく思え、分かったらさっさと消え失せろ。おぉ、ちょっと待て、ひと言言っておく。うぬらだけが世の中を仕切っていると思うな。うぬらより強くて立派な者がわんさといることを忘れるなよ。分かったらさっさと散れ」

侍は強い口調ながら諭すように言葉を投げた。野次馬が一斉に大きな拍手をした。

二人が匕首を拾おうとした。「拾うな」再び一喝が飛んできた。

「こんな物騒なものはうぬらには必要ない、わしがあとから大川に放り込んでおく。二度とこの辺りに現れるな。分かったらさっさと行け」

二人はこそこそと吾妻橋の方向へ去って行った。野次馬も三々五々と散って行った。この騒ぎで辺りの長屋に点いていた明かりも一つ消え二つ消え、いつも通りの静かな夜に戻っていた。波龍は着物の裾を払って改めて声の主に顔を向けた。

「どこのお方か存じませんが、お声をかけていただきありがとう存じます。わたしはこの近くの長屋住まいで按摩を生業にしております波沼龍之伸と申します。長屋の衆は波龍と呼んで親しく付き合ってくれています」

「按摩とな、それにしてはあの杖さばきには剣の魂が入っているとわたしは見たが…。おぉ、これは失礼申した、わたしは星馬左衛門と申します。訳あって浪浪の身、今は上野元黒門町で道場を構えて武術を教え糊口を凌いでいる次第で…」

星馬左衛門は語りながら二本の匕首を拾い上げ懐紙で巻いて懐に入れた。

油屋の脇の柿の木が風に煽られて騒騒と音を立てた。残っていた実が一つ地面に落ち潰れた。恰もさっきの二人の哀れな末路のようでもあった。

北の空から一条の光が走った。

「あっ流れ星。明日も天気がよさそうね」絹春が誰にともなく声を上げた。

「波龍さん、どうする。験直しにちょっとだけでも寄っていかない」

絹春がさっきの居酒屋を思い出したように…。その誘いの声は芸者絹春のやさしい艶っぽい声に戻っていた。

「あっ、これはお連れさんがおられたか。失礼をした」

星馬左衛門は声の主に顔を向け謝った。次に月明かりの中で見た絹春の容姿に目を見張った。

「中々綺麗なお方だ。波沼殿のお連れとは羨ましい限りだ。お二人は恋仲と推察したが」

星馬左衛門は場を和ますように軽い口調で二人を交互に見た。

「そんなんじゃぁありませんよ。こちらはお武家様、わたしは一介の浅草芸者、恋仲だなんて恐れ多いことで格が違います。名は絹春と申します。お見知りおきくださいまし」

「わたしは星馬左衛門。武術を教える只の浪人です。絹春さんを座敷に呼べるような身分ではないので、町で見かけたら声の一つでもかけてくだされ」

夜回りが拍子木を打って火の用心を告げて町内を見回っている。その度に腰につけた提灯が右に左に小さく揺れ遠ざかって行った。遠くから犬の遠吠えが聞こえてきた。寒いのだろうか、寂しい声に聞こえた。

龍之仲は久しく会っていない母を思い出した。不意に会いたいと郷愁を覚えた。陸奥も今頃は相当な雪だろう。夜鷹に身を落としたなつは会津の水呑百姓と言った。今頃どうしているだろうか…敵と探す凶悪な男を突き止めただろうか…怒りを露わに語った言葉を思い出した。脳裏で母の姿は十五歳の時のまま止まっている。優しい面影が見えぬ瞼に甦ってきた。

「母上、逢いとうございます」心の声が叫んでいた。

「ではわたしはこれで失礼」

星馬左衛門は二人に頭を下げ上野元黒門町の方向へ踵を返そうとした。

「星馬さま、今夜お会いしたのも何かのご縁と存じます。そこの居酒屋でちょっと温まっていかれませんか。さっき波龍さんと寄っていこうと話していたところなんです。それがあの騒動でしょう。験直しにご一緒してくださいまし」

絹春が居酒屋を指差した。

「今夜はやけに冷え込みますから、どうぞご一緒していただければ…」

絹春の誘いの言葉に波龍も言葉を添えた。風が少し出てきた。三人三様ブルッと身震いした。

波龍も久しぶりに武士の気持ちに戻っていた。星馬左衛門と別れがたいものを感じた。

「では言葉に甘えて、同伴させていただきましょう」

雲に隠れていた冬月が顔を出した。凍てつく空気は肌を刺し続ける。下界を照らす月の光は煌々と冴え渡っている。居酒屋に向かう三人の影が地面に大きく伸びた。

居酒屋の中から賑やかな笑い声が立っている。店の中には大工箱を脇に置いた棟梁らしい男と左官の道具袋を置いた男、大店の手代らしい男など数人の客が酌女を相手に飲んでいる。おでんの美味そうな匂いが三人の鼻をついた。

入ってきた波龍たちを見て客は一斉に「あっ」小声を出し頭を下げた。中には指差す者もいる。多分、先ほどの騒動を見ていたのだろう。

絹春が加わったものだから店の中は急に華やかになった。

「こう冷え込むと熱燗に限りやすね」注文する前に店のおやじがわざわざ運んできた。

「これは…」絹春が徳利を指差した。

「ほんの礼です」

「礼、何の…」

「先ほどのならず者退治の礼ですよ」

「どういうことですの」

徳利を巡って絹春とおやじの遣り取りを聞いていた星馬左衛門が、

「こういうことかな、つまりあのならず者が店の客にたかったり難癖をつけて勘定を踏み倒すなどで、こちらの店にたいそう迷惑をかけていたのだろう。そうだろう、おやじ」

「まったくその通りで…。今夜も早くから入り浸って、ほとほと困っていましたんで。それが先ほどのならず者退治でしょう。胸がスーッとしました。ありがとうございました。そういうわけですから存分に飲んでくださいよ」

おやじは三人に頭を下げ付場に戻って行った。

絹春は壁に貼ってある品書きから天ぷら、おでん、めざしを注文した。

「しかし波沼殿の剣術にも劣らぬ杖さばき、それと杖そのものがまるで太刀と同じ強靱さを備えていることに感服しました。差し支えなければ杖術と剣術の関わりを話してくださらぬか」

星馬は波龍の顔を直視した。

「さぁ、どうぞ」

絹春は二人の猪口（ちょこ）に酒を注いだ。ついでに自分の猪口にも注いだ。三人は猪口を挙げた。

星馬左衛門は、今は剃髪姿で按摩を生業（なりわい）としているという波沼龍之伸に少なからず興味を抱いた。氏名といい剣術の心得といい只者ではないと確信めいたものを感じていた。それに先ほど絹春が格が違うと言った。

龍之伸は思い出すように酒を一口含むと、杖の由来についてゆっくりと話し始めた。

三　暴れすっぽん退治と杖の由来

波沼龍之伸が二十一歳を迎えた年だ。穏やかな年明けだった。三が日も過ぎると江戸の市中にも少しずつ賑わいが戻ってきた。松も取れ普段の人の行き来の中に龍之伸は、大伝馬町の笹島道場で剣術の修練を終え杖を頼りに帰りを急いでいた。

龍之伸は江戸へ出てきて以来、按摩修行の傍ら剣術修行のため笹島道場へ通い鍛錬を積んでいた。

冬の風は身を切るように冷たい日だった。足袋を通して地面からも冷えが入り込んでくる。

寒風に背中を押されるように小伝馬町から馬喰町を経て、浅草寺近くまで来たところで事件が起きた。

「おじちゃん助けて」子供の泣き声が後ろでした。子供の声を追うように「ガキ、待ちやがれ」濁声が飛んできた。両方の声も束の間、子供は龍之伸を楯にするように後ろから帯にしがみついて震えている。

追っかけてきた声はどうやら素人ではなさそうだ。子供の手の震えが恐怖感と一緒に角帯を通して龍之伸の肌に伝わってくる。追いついた男は案の定、ごろつきのようだ。はぁはぁと息を切らしている。声が少し躍っているようだ。酔っ払いだろうか。

「おい、按摩そのガキをさっさとこっちに寄越せ」

酔いの混じった濁声で怒鳴ってきた。

「この子が助けを求めて、あっしの懐へ飛び込んできたんでさぁ、訳を聞かせちゃくれませんか。ことと次第によっちゃぁ、お前さんに渡しますが…」

ごろつきはふらつきながら子供に手を掛けようとした。その動きを心眼が察知した。

「訳をちゃんと聞くまではこの子は渡しゃしませんぜ」

龍之伸は言いざまごろつきの伸ばしてきた手首を思いっ切り杖の柄で跳ね上げた。ごろつきはふらついて尻餅をついた。よろよろと立ち上がった顔は痛さが混じって、まるで中途半端な仁王面の形相に変わっている。それでも脅しだけは相変わらず強気だ。

「つべこべ言わずに渡せ、渡さねぇならてめぇもガキと一緒に痛い目を見るぜ。さぁどっちなんだい、返答しろぃ」

言うなり懐に右手を入れた。多分、匕首に手を掛けたのだろう。威嚇するような仕草をとった。

「痛い目を見るのはお前さんだろうよ。年端もいかない子供を相手に金でもせびろうという魂胆ですかぃ、おやめなせぇ。その上、訳も言わずに渡せと言われたって、はいどうぞとはいきやせんぜ」

大人の遣り取りを聞いて子供の震えが大きくなってきた。

「坊や大丈夫だ。あっしが助けてやるから安心しな」後ろに左手を回し頭を撫でてやった。

この騒ぎに野次馬が遠巻きに集まりだした。

「ガキを助けてやるだと、大口を叩きやがって、てめぇにそんなことができると言うんならガキは二の次だ。俺と勝負しろぃ」

ごろつきは龍之伸を只の按摩と見縊っているのか先ほどの痛さが残っているのか、渋面のまま濁声でまくし立てる。龍之伸は子供を庇いながら三歩後退して杖をごろつきの胸元に突きつけた。この動作にごろつきは一瞬たじろいだ。

三人を中心に野次馬の大きな輪ができた。

「十手持ちを呼んだ方がいいんじゃねぇか」野次馬の一人が隣の男に声を掛けた。それを聞いた男はペッと唾を地べたに吐き出し、それこそ蛆虫でも踏み潰すように草履の先で「あいつはどこのならず者なんだ」口をへの字に曲げて隣の男へ問い返した。

「この辺りを縄張りにしている暴れすっぽんと言う手に負えないごろつきさ。一度因縁をつけたら銭を取るまで離さねぇっていう、どうしようもない蛆虫野郎さ」

「あいつか、暴れすっぽんという悪は、面はすっぽんじゃねぇ、狐みてぇだぜ」

「別名泥狐とも言ってこの界隈じゃ誰も相手にしない鼻つまみ者だぜ」

野次馬同士が小声で話している。

「あの按摩さんもとんでもねぇ野郎に関わったもんだ」

それを聞いた職人風の男が…。

「おい、あの子供は鍛冶鉄の倅じゃないか」

「そういやぁ、鍛冶鉄の留吉だよ」

「何とかしてやれねぇか」

「してやりてぇけど、あのすっぽんじゃぁ俺の方が危ねぇや」

何もしてやれないいじれったさが野次馬二人の会話からにじんでいる。

龍之伸は子供を後ろの野次馬の一人に押しやった。それを見たすっぽんが横に動こうとした。「待て」一喝するとすっぽんの胸元に突きつけた杖を強く押しつけた。生業で鍛えた腕力は並の男の比ではない。すっぽんは動こうとしても動けない。杖を胸元に突きつけられたまま睨み合っていたが、しびれを切らしたすっぽんが懐から匕首を抜いた。

野次馬が響動めいて後退った。響動きでわずかに残る視力が太陽の光を受けて鈍く光る匕首の存在を捉えた。

龍之伸はすっぽんの草履の摺り足の音を勘で捉えていた。今だ。勘が働いた。突っ込んできた匕首を持つ右手を杖で跳ね上げた。冷たい空気が龍之伸の頬を掠めた。匕首が宙を飛ぶと同時に杖の先一尺も匕首と交差して飛んだ。

龍之伸は慌てなかった。身体を右に少しずらすなり手元に残った半分の杖で、身体ごと突っ込んできたすっぽんの右肩を思い切り袈裟懸けに叩き下ろした。すっぽんは「うっ」と唸るようにその場に右ひざから崩れ落ちた。それは一瞬の出来事だった。まさかの光景を目の当たりにした野次馬は、悲鳴に似た声と驚嘆の入り混じった声を上げた。

すっぽんは右肩を押さえたまま立ち上がろうとするが、よろけて立ち上がることができない。それは右肩に重たい鉛を打ち込まれたような鈍痛だ。野次馬の冷ややかな目が哀れむようにすっぽんを見下ろしている。

龍之伸が揉み治療で培った握力の強さは並の大人の倍以上も強い。その握力から発生した力はそのまま残った杖を伝ってごろつきの右肩を痛打したのだ。

「坊や、もう大丈夫だ。怖かっただろう」

野次馬の一人が「兄さん、しっかりしなせぇ」すっぽんに声を掛けながら打たれた肩をぐいっと引っ張った。日頃、嫌がらせをされている古着屋の倅がこの時とばかりに意趣返しをしたのだ。

「いてててて…、何をしやがるんだ」へたり込んだまま怒鳴り返すものの痛みで声が震えている。野次馬がどっと笑った。

龍之伸は子供の前に立ち頭を撫でてやった。そして二歩前に出て先ほどの凛とした声とは違い穏やかな声ですっぽんに声を掛けた。

「お前さんの名は知らないが真っ当な人間じゃなさそうだが、これに懲りて正業に就きなせぇよ。肩は関節が外れただけだから骨接ぎに行って治してもらうことだな。それとこれから先、今日のような悪さをあっしが見たら、否、見なくても勘で分かるから悪さをしたら今度は両肩の骨が折れることを覚悟しておくことだな」

龍之伸は戒めともとれる言葉を上から掛けた。

「強いねぇ、あのお方は」

「どこぞの侍の出だろう」

「形は按摩でも昔は間違いなくお武家様だよ」

野次馬は敬意の眼差しで波龍を見て、言葉を残して三三五五と立ち去って行った。

「さぁ坊や帰ろうか。送っていってあげるから。家は何処だい、そうそうまだ坊の名を聞いてなかったたな。何と言うんだい」

「おいら留吉、家は両国で鍛冶鉄って言う鍛冶屋だよ」

龍之伸は留吉に手を引かせ両国に向かった。留吉は龍之伸の強さを眼の当たりにして、先ほどの恐怖心はすっかり消え普段の子供らしい留吉に戻っていた。

「おじちゃん、目が悪いのに強いんだね。剣術を習ったの、おいらも習いたいな」

留吉は手を引きながらちらっと波龍の顔を見上げ饒舌になっていた。

使い物にならない杖を持った按摩と、その手を引く子供の取り合わせを通行人は珍しい者を見るように振り返って通り過ぎる。そんなことは意に介さない留吉は龍之伸を見上げ誇らしげに喋り続けている。見ようによっては仲の良い父子にも見える。

「あの辻を曲がったらおいらの家だよ」

辻を曲がった所の長屋の三軒目から「トンテントンテン」と、鋼を打つ金槌の調子のよい音が聞こえてきた。井戸端で喋っていたおかみさん連中が二人を見て、おやっと表情が変わった。互いに顔を見合わせ何やら小声で話している。

「ただいま」

大きな声に顔を上げた父親の鉄三は、龍之伸の手を引いている留吉を見て、こちらもおやっという顔つきで金槌を打つ手を休め「その方は」、あとは言葉を失ったように奥へ「おっ母」大きな声を掛けた。

「何を突拍子もない声を出して、野中の一軒屋じゃあないいんだよ」

顔を覗かせた母親の粂も二人を見てとっさにぴょこんと頭を下げたが咄嗟のことで状況が判断できない。一方、鍛冶場の情景は龍之伸に見えるはずもなかった。ただ雰囲気だけは察せられた。

留吉と手を繋いでいる龍之伸の右手には用を成さない二尺ほどの杖が握られていた。

「父ちゃん、おいらこのおじちゃんに助けてもらったんだ」

助けてもらったという留吉の言葉の意味も分かったが取り敢えず「どうも倅がお世話になりまして」訳が分からぬままに金槌を打つ手を休めたまま礼を言った。

「留吉、助けてもらったってどういうこと」

粂が要領を得ないまま問い質した。

「おいら寺子屋が終わってから、けん坊と二人で浅草へお参りしてから帰り道、石蹴りをしていたんだ。そしたらおいらが蹴った小石が酔っ払いの足に当たったんだ。ごめんなさいって謝ったけど落とし前をつけるまでは許さないって言うんだ。父ちゃんの所へ連れて行けって言うんだよ。段々怖くなって逃げ出したんだ。待てって追っかけてくるんだ。このおじさんの後ろに隠れたんだ。そしたら酔っ払いはおじさんに突っかかって短い刀で切りかかったんだ。おじさんは杖で短い刀を払いのけた時に杖が切れちゃったんだ」

留吉は経緯を断片的ながら一気に喋った。喋り終えたところへ魚屋のおやじが「留吉は帰っているかい」声を掛けて入ってきた。

留吉と龍之伸の姿を見たとたんに「本当によかった」と、一言発して上がり框に腰を下ろした。

魚屋は改めて暴れすっぽんの件を鉄三と粂に手振り身振りで話した。

「粂さん、ぼーっとしてないでこちらさんに茶でも出したらどうなんだい。留吉の恩人だよ、早く…」

粂は魚屋の話を聞いてあまりの怖さに気が動転していた。鉄三は魚屋の話ぶりから全体像がのみ込めたのかホッとした表情で笑みをもらした。

「それで杖が半分に…、それじゃぁお困りでしょう。二、三日待っておくんなさい。

あっしが丈夫な杖をお作りしますから、住まいを教えてもらえば出来上がり次第届けますよ」

鉄三は倅を助けてもらった恩返しに、龍之伸の生命ともいうべき立派な杖を作って返そうと決めた。その気持ちには鉄三は鍛冶職人として鍬や鋤、なかでも鎌を打たせたら右に出る者はいないと江戸でも言われるほどの名工であるからだ。それだけに鉄三は何としてでも刀に劣らない強靭な杖はできないものかと、一夜あれこれ思案を巡らせた。明けて早朝、長屋の中ほどにある井戸で身を清め神棚に手を合わせ、考えた杖ができることを祈願した。

鉄三にしては太刀に劣らない杖を打つのは初めてのことである。まして今までそんな注文もなければ考えたこともなかった。鍛冶屋としての知恵を絞り、あれこれ試行錯誤しながら一つの案を思いついた。それは直径一分半ほど、長さ三尺五寸ほどの鋼線五本を作った。吹子で鋼線を熱し寄り合わせ焼きを入れ、刀と同じ硬さの鋼棒を作った。柿渋を染み込ませ強度をつけた絹糸で三重に巻き、その上を木綿糸ほどの細い鋼線を緻密に巻きつけた。杖の持ち手五寸の部分は鋼線を六本にして強度を持たせた。太刀の鍔と同じように杖の柄の部分には小ぶりな鍔をつけた。地面を叩く先端に小さな鋼玉を付けて仕上げた。見事な一本の鋼の杖が出来上がった。仕上げるまでに三日の約束が七日も掛かった。

鉄三は留吉を伴って長屋を訪ねた。今帰ってきたところだと龍之伸は在宅していた。

「おじちゃん、この前は助けてもらってありがとう」

留吉はぴょこんと頭を下げた。鉄三も三日の約束が七日になったことを詫びた。

「鋼で作りましたんで普段使われている杖に比べれば重いですが、折れるようなことは絶対にありません」

龍之伸は差し出された鋼の杖を手にとってみた。今までの杖とは重く異質な感じがした。その感触は太刀を持った感触と同質なものを感じた。

久しぶりに侍の魂が甦ってきたような気がした。身が引き締まる思いがした。

その時、龍之伸の心眼に真剣が映った。

土間に下りて新しい鋼線の杖で地面を叩いてみた。先端の鋼玉を伝って心地よい響きが手に伝わってくる。正に鋼の重厚な感触だ。

鉄三は龍之伸の一通りの仕草を見終わって口を開いた。

鉄三は改まった口調でわたしは素人で剣のことは何も分かりませんが、鋼を打つ間に神聖な気持ちになり刃鍛冶の心境がわずかですが分かるような気がしました。と神妙な面持ちで語った。

「これは立派な刀ですよ」波龍は武芸者の心境に立ち返っていた。

「波沼様は剣の心得がおありと見受けましたので太刀に劣らない硬い杖に仕上げました。太刀と交じえたら多分に相手方の太刀は刃毀れするでしょう。それに杖の先の方は少し撓るように仕上げてあります。僅かな力でも撓りが生まれますので相手に対しては強い武器になります」

鉄三は杖造りに込めた思いを熱く語った。

「こんな立派な杖を作っていただいてありがとうございます。しかし武器としては使いたくありませんね」

「時と場合によっては身を守る為にお使いください」

「そうさせてもらいます」

龍之伸は表に出て素振りをしてみた。確かに剣の感触が全身を貫いた。剣と違うところは撓りがわずかだが加わることだ。この撓りが相手と対峙した時にかなりの威力を発揮することは間違いないと確信した。

「波龍さん、ヤットーの稽古かぇ。精が出るねぇ」水汲みに来たおよねが声を掛けた。

「おや、こちらさん波龍さんのお客かぇ」鉄三と留吉を見ながら再び声を掛けた。

「波沼様は波龍さんと仰るのですか？」

龍之伸は波龍と呼ばれる経緯を話した。

「そうでしたか、じゃぁこれからあっしも波龍さんと呼ばせてもらってよろしいでしょうか」

「そのほうが私も気楽ですから」

横で様子を見ていた留吉が「おじちゃん、どうしてそんなに強いの」子供らしい素朴な疑問を投げかけてきた。

龍之伸は幼少の頃の出来事を掻い摘んで話した。

「そういう事情がおありだったんですか、道理で剣術が強いわけですね」

鉄三はすべてを納得したのか笑みを浮かべて「留吉、分かったか。お前も強くなれよ」留吉の頭をひと撫でした。

「おや、見かけない坊やだね。波龍さんの知り合いかい」

米研ぎに来たとめがおよねと同じ言葉を掛けてきた。

「このおじちゃんすごいんだよ。短い刀を持った悪者からおいらを助けてくれたんだよ」

留吉は得意気に先日の出来事を喋った。

「じゃぁ、あれかぇ、按摩さんが杖一本で暴れすっぽんとかいうならず者をやっつけたっていうのは波龍さん、あんただったの。えらい評判じゃないかぇ」

「瓦版売りが出たそうじゃないかぇ。大したもんだねぇ」

いつの間に来たのか、とよ婆さんも話に加わっていた。

おかみさん連中の会話に鉄三は龍之伸の凄さを改めて目の当たりにしたのだ。

波沼龍之伸は星馬左衛門に杖にまつわる思い出を話し終えて、茶碗に残った酒を含んだ。二十一歳の頃の若い味が酒に甦っていた。

絹春もこの話は初めて聞いた。

四　芸者絹春との出会い

今からちょうど五年前のことだった。波龍は田原町の大店で揉み治療を終え酉の刻六つ半に大店を出た。半刻も歩いただろうか、雷門の前で立ち止まり浅草寺に頭を下げた。茶屋町を過ぎた次の辻まで来た所で杖の先に、コツンと異常を感じた。何か柔らかい物を叩いたようだ。どうやら人が蹲っているような気配だ。

「どなたかそこにおいででは」

杖の先に声をかけた。通りを人が行き交う気配は殆どない。辺りの家も明かりを落としはじめ、ひっそりとしている。

しばらく時を置いて「急な差し込みで」苦しげな女の声が地べたから返ってきた。

「どちらさんかおいでではないでしょうか」

波龍は立ち止まって杖の先へ声を掛け、そして通りへも声を掛けたが、通行人はいないのかどこからも返答はない。しばらくして差し込みで…、か細い声がした。

波龍は止むなく手を前に差し出すようにして腰を屈めて声を掛けた。

「差し込みでは痛むでしょう。ちょっとお待ちなさい、すぐに薬を差し上げますから」

よほど苦しいのか女は「ウーッ」と小さな呻き声を出している。波龍は懐から印籠を取り出し熊胆を三粒ほど女に手渡した。女は弱々しい手つきで口に含んだ。「うっ」と噎せた。水なしだから苦しかったのだろう。しばらくして「ご親切にありがとうございます」か細い声で頭を下げた。波龍は気配でそれを感じた。女はやっとそれだけ言った。かなりの痛みが襲っていたのだろう。

「よろしければあそこの居酒屋で休まれてはどうですか」

波龍はいつもの通り道、どこに何屋が何刻ごろまで店を張っているのか分かっている。

「わたしは目は不自由ですが、この辺りは庭みたいなもんで安心しておくんなさい。じゃあ、わたしの手につかまって」

波龍は女の手を取った。女も素直に従った。それでも女はまだ痛みが残っているのか、立つのがやっとだった。女の手を取った波龍は、おやっと思った。ふくよかな手触りに大店のご内儀か、それとも…。

諺に牛歩と言う言葉がある。女は片腹を押さえているのかのろのろとしか歩けない。波龍は女を庇うように歩を合わせた。時折根付の鈴が鳴る。

「おやじさんいるかぇ」

女の手を引いて入ってきた波龍を見て居合わせた客も、おやじもおやっという顔つきで二人を交互に見比べた。しかも連れが垢抜けた美人だからだ。

「波龍さん、どうしたんだぃ。こんな美人と夜中に道行きでもするんじゃないの」

飲み友達の一人が羨ましそうに声を掛けた。

「そんな悠長なことを言ってるんじゃないんだよ。この方が急な差し込みで大層難儀されておられるんで、床机（しょうぎ）の隅でも貸してもらって休ませてもらえればと思って」

波龍は語気を強めて経緯を話した。

「波龍さんの頼みならお安いことよ。床机と言わず奥の小上がりをどうぞ使いなすって。それにしても波龍さんがこんな綺麗な女子さんと知り合いとは、波龍さんも男前だからお似合いだよ。なぁ、おつね」

おやじは奥から顔を出した女房のおつねに同意を求めた。

「それはお困りでしょう。どうぞゆっくりなすって」

おつねは奥で事情を聞いていたのだ。店の客は酒を飲むのを忘れたように無遠慮に女の容姿をじろじろと覗き見する。

「おやじ、掃き溜めに鶴じゃねぇか」

口の悪い客がおやじを揶揄した。確かに店には似つかわしくないほどの美人である。

波龍と知り合いの客が「波龍さんも隅におけないねぇ」半分羨ましさの混じった言い方をした。

小半刻も過ぎた頃、女の顔に赤みが戻ってきた。先ほどの苦渋の表情とは違い一段と美形を取り戻していた。

「やっと落ち着きました。何から何までご親切にしていただきありがとうございました。わたしは浅草で芸者をしております絹春と申します。今夜のことは何とお礼を申していいのやら。本当に助かりました」

絹春と名乗った女は波龍の手を取って頭を下げた。絹春の手の温もりが波龍の気持ちまでも温かくした。

「少し落ち着きなさったようだね。よかった。波龍さんもひと安心だね」

おつねが二人に声をかけ湯気の立つ茶を持ってきた。二人は茶を啜り気持ちに平静を取り戻した。

ほどなくして「落ち着きましたので、わたしはこれで」絹春は帰りを告げた。

「どこまで帰られるんですか」波龍は安堵しながらも若しやまた痛みが出たら…を案じ声を掛けたのだ。

「浅草から西へ一町ほどの…」絹春の声はまだ弱々しい。

「それならわたしも同じ方向です。よろしければ送りましょうか」

「それがいい、夜中は物騒だからね。波龍さんなら用心棒にもなるし…」

おやじは波龍の強さを知っているだけに同道することをすすめた。

ここまでの経緯が波龍と絹春の馴れ初めである。

絹春の差し込みがあった日から十日ほど経った。波龍は人形町の海産物問屋「山海屋」に呼ばれていた。

「お内儀さん、かなり凝っていますね。これじゃぁ頭痛があったって仕方ありませんよ」

山海屋の内儀、琴は長年頭痛に悩まされていた。今日もこめかみに膏薬を貼っている。それでも頭痛は治まらないと言う。

「少し強めに揉んでみましょう」

波龍は指先に力を加えた。揉むうちに指先に肩の筋肉のほぐれ具合が伝わってきた。半刻も続けただろうか。「スースー」軽い寝息が聞こえてきた。波龍の揉み具合が上手いのか、琴は眠りに入っていた。よほど凝っていたのだろう。眠りを妨げないように指先の力を加減しながら揉み治療を終えた。

「おや、わたしゃぁ眠ってしまっていたようだね。波龍さんの揉み方があまりにも上手だからついうとうとしちゃって…ごめんなさいね。おや、頭痛も治ったようね」

琴はこめかみの膏薬を剝がした。顔色もよくなり、表情も穏やかさが戻っている。

「上手いだなんて言われますと…」

内儀の顔は先ほどと大違いに晴れ晴れとしていた。

「頭痛も治ったようだし、ありがとうね。一服したら旦那さんも頼みたいとおっしゃっていたから揉んで差し上げて。おさと、波龍さんにお茶を」奥に声を掛けた。

お茶を持ってきたおさとは十五、六歳だろうか、ぽっちゃりとした小柄な娘で在所は房総の在だという。気立ての優しい娘で近所でも評判の器量よしである。琴と連れ立って歩いていると、まるで本当の母娘のようである。微笑ましい光景に時折通行人が振り返る。

子供のいない山海屋の主人、五右衛門、琴夫婦は行く行くは、おさとを養女として迎え二番番頭の末吉と夫婦にと考えている。

おさとが退がったあと、夕日が当たる障子の向こうから足音が聞こえてきた。温厚な顔立ちの主人、五右衛門が障子を引いて現れた。

「波龍さん、久しぶりだね。わざわざ人形町まで出張ってもらってすまんねぇ」

「とんでもございません、あっしみたいな者を大店の旦那様に呼んでもらって本当にありがたいことで…」

「いやいや、波龍さんのお人柄だよ。あんたにはどこか一本筋が通っているようで信頼できるお人と私は見ているんだよ」

笑顔で言いながら布団の上に横になった。波龍は内儀を揉む時とは要領を変えて揉んだ。

「どうだね、一仕事終わったら今夜は久しぶりに一献交わそうじゃないかね」

半刻ほど揉んだあと、五右衛門が軽い笑顔で口を開いた。枯山水の見事な庭が見える座敷へ通された。

「さぁさぁ、波龍さんと話すのが楽しみで」

五右衛門はさも楽しそうに笑顔で席をすすめた。さすがに海産物を商う大店だ。珍味が一の膳、二の膳に盛られている。視力の乏しい波龍は嗅覚で大方のものは分かる。

「この酒は会津から取り寄せた銘酒でな。さぁ、飲んどくれ、帰りは駕籠を用意させるから遠慮しないでゆっくりしておくれ」

波龍は会津と聞いて、ふとなつの哀し気な顔を思い出した。

五右衛門は自ら、ちろりを持って波龍の盃に酒を注いだ。波龍はこれまで飲んだ酒とは比べ物にならないほどの旨さを感じていた。さすが大店だと思った。

盃を重ねながら世間話に花がさいた。

「そうそう、この前、大層な立ち回りがあったそうだね。何でも川向こうのならず者をばっさばっさとやっつけたらしいね。絹春姐さんも一緒だったたって言うじゃないかぇ」

酒の合間に話題が広がっていった。

「ばっさばっさは大袈裟でございますよ。言いがかりをつけられてしまい止むに止まれず相手をしただけのことで…」

「それにしても見事なものだったたって絹春姐さんが話していたよ。たいそうな野次馬だったそうだね」

受けた盃を返しながら、

「絹春姐さんをご存知で…」

「時々、座敷に来てもらうんでね。波龍さんは、どこぞで剣術を習われたのかな？」

波龍は藩士の二男として生まれ今日までの経緯を語った。

「そうでしたか、お武家の出でしたか。道理で品があり筋が通っておられると思っていましたよ。私も好いお方と知り合いになれて嬉しいねぇ」

五右衛門は納得した顔つきでまたも盃を差し出した。波龍も素直に受けた。

滅多に明かしたことのない過去を心を許せる五右衛門に話したことで、一層の親近感を覚えた席だった。

話の途中でふとあの時の星馬左衛門のことを思い出した。かなりの使い手だろうと会話の端々から察せられた。星馬左衛門にもう一度会ってみたいとふっと思った。

波龍と五右衛門は一刻半も世間話に花を咲かせた。暇をしたのは、日もとっぷり暮れ、戌の刻五つを過ぎていた。満天には無数の星が輝いている。

山海屋で用意してくれた駕籠は人形町を出て、小伝馬町から馬喰町を浅草へエッサエッサの掛け声が夜気に響いた。

夜はめっきり人通りが減る。浅草に近づいた。

「常夜灯のある辻を曲がった所で降ろしておくんなさい」

駕籠屋に声を掛け波龍は長屋の三町ほど手前で降りた。駕籠なんぞで帰ってきた所を長屋の連中に見られたら、何を言われるか分からない。あいつは金が貯まったから贅沢になったとか、どこぞの後家と懇ろになって金づるを摑んだとか、事実でないことが口さがない連中から尾ひれが付いて噂になれば、当然のことながら長屋に居づらくなることは火を見るより明らかである。

降りた界隈は波龍にとっては庭みたいなものだ。地面に足を着けたときホッとした。使い慣れた鋼の杖で地面を叩きながら長屋に向かった。根付の鈴が澄んだ音を響かせた。

五　波龍八人相手に大太刀回り

ホーホケキョ、うぐいすの鳴き声のまねだろう、童たちの遊ぶ声が露地の奥から聞こえてきた。春の陽気に誘われるように木々の葉も青さを増してきた。おでんのうまそうな匂いがぷーんと鼻先に漂った。

「今、帰りかぇ、精が出るねぇ」屋台からおやじが声を掛けた。

「おや、波龍さんじゃないかい、相変わらず好い男だね。明日昼過ぎにおばあちゃんを連れて行くから揉み治療をお願いね」

近所の豆腐屋の若いおかみが声を掛けて通り過ぎて行った。長屋の辻の常夜灯に灯が入った。その時だ。波龍の前にバタバタと五、六人の男が立ちはだかった。訳が分からぬままに殺気を感じた。身体が自然に防御の姿勢を取っていた。一人の按摩をやくざっぽい男が取り囲んだ。この様子に何事かと通りすがりの男たちが足を止めた。

「おい按摩、この前はうちの舎弟を随分と痛めつけてくれたそうだな。今日はたっぷりと礼をさせてもらうぜ、覚悟しな」

どうやら絹春姐さんと連れ立って帰る途中に絡んできた二人連れの仲間のようだ。

野太い声をした小太りの男が一歩前に出てきた。着流しに懐手をした見るからにならず者の身なりである。どうやら浪人の成れの果てだろう。後ろにチンピラが連なっている。

波龍には人相、風体を見ることはできない。のちにこの様子を見ていた大工の棟梁が身振り手振りを交じえて話してくれた。

波龍は草履の擂り音を聴覚で捉え人数を数えた。六人だ。防御する方法を素早く頭の中で組み立てた。常夜灯を背にして立った。背後からの攻撃を避けるためだ。暮れ六つ刻、職人や町人が家路に就く刻限だ。何事かと物見高い野次馬たちが集まり始めた。

「おい按摩、按摩は按摩らしく女子の腰でも揉んでりゃぁいいんだ。多少腕が立つからって粋がるんじゃねぇぞ、今夜は舎弟をかわいがってくれた分、この俺が倍返ししてやらぁ、覚悟しな」兄貴分を気取る薄汚れた着流しの男は、野次馬の手前もあるものだから空威張りのように吠えまくった。

「どこの誰だか存じませんが屁理屈はよしておくんなせぇ。言いがかりをつけてあっしと連れの姐さんに喧嘩を売ってきたのは、そこの負け犬みたいなお二人さんじゃぁないですか。あっしは真っ当な生業で暮らしている人間なんで、誰が聞いたってそちらさんの言いがかりとしか聞こえませんぜ。なんならこの前のお侍さんもこの近くにお住まいなんで来てもらいましょうか」

波龍も乱暴な言葉を突っ返した。

この前の侍と聞いてびくっと顔を強張らせた二人のごろつきは着流しに耳打ちした。

「按摩の片割れだろう、びびることはぁねぇ。俺が片付けらぁ心配することたぁねぇ」

着流しが勝ち誇ったように乱暴な言葉を投げた。

「波龍さんよぉ、世の中の屑みてぇなごろつきどもをまとめて叩きのめしちゃぇ」

野次馬の中から声が飛んだ。波龍の桁外れた強さを知っている長屋の大工の棟梁、安吉の声だ。呼応するように「そうだ、そうだ」威勢のいい声が別のところからも上がった。そのうちの一人は多分、左官の松一だろう。

「何を…」ごろつきと言われたものだから鬼の形相で野次馬を睨み付けたのが着流しだ。だが誰が野次ったのか大勢の中では分からないものだから矛先を手下に「何をぼやぼやしてやがる」と八つ当たりを始めた。

「てめぇら、たかが一人だ。早く片付けろぃ」手下をけしかけた。

「そこの声のでっかいお兄さんに一言返しておきやす。あっしはおめぇさんの舎弟だか何だか知りゃせんが、可愛がったなんてとんでもねぇ言いがかりだ。男が男を可愛がるなんざぁ陰間（男色）じゃぁあるめぇし、あっしはとんと男嫌いでねぇ。真面に生きる男の中の男気には惚れやすが…」

「つべこべ言わずに来やがれ」

「まだ続きがあるんだよ、てめぇのような悪党には媚びへつらい弱い者には乱暴をはたらく、そんな蛆虫野郎には興味はねぇんだよ」

波龍は此奴らがどれほど善良な町人を苦しめてきたかと思うと、胸中にふつふつと怒りが渦巻いてきた。怒りが頂点に達した。

薄闇の中で波龍の網膜にはっきりとごろつきの人数が現れた。蛆が一匹湧いて七人に増えている。

「どうしてもこの喧嘩を買えって言うんなら買ってやろうじゃないか」

波龍は常夜灯を背に一歩前に出た。杖を右手で上段に構えた。左手を懐に入れたまま。

まだ。根付の鈴が鳴った。

「この勝負、お前らの負けだな。手を引くなら今だ、どうする、それとも怪我をして吠え面かいてここにお集まりの皆の前であっしに土下座して謝りなさるかな…」

波龍は凛とした声で言い放った。

「しゃらくせぇ、怖気づいたのか。按摩、お前こそ土下座しろ、そうすりゃ勘弁してやらぁ」

着流しが強気な言い方で虚勢を張った。この一言に波龍の杖剣にめらめらと怒りの火がついた。

波龍の剣の信条は先手必勝、一杖必倒だ。真剣と杖では交えれば杖は木だ。ひとたまりもないと誰もが思う。波龍の杖は違う。鍛冶鉄の魂が入った鋼の杖だ。それに波龍の流儀は交わる前に相手を倒す。それが杖を打ち下ろした時には相手の剣を飛ばすのが一杖必倒流だ。血を見ることはなく相手を倒す。

波龍の投げつけた「お前らの負けだ」の唆呵に野次馬の間に大丈夫か、大丈夫だ、二つの思惑がどよめきとなって波紋のように広がった。

上段に構えた波龍の姿勢は素人のそれではなかった。表情は真剣勝負に臨む表情に変わっていた。

「好い男ね。揉み治療のお師匠さんとは思えないわ。惚れ惚れしちゃう」

「まるで歌舞伎役者みたい。鼻筋が通って本当に好い男ね。わたし、惚れちゃった」

お針子のおたみとおさとが波龍の凛然とした姿に見惚れ、野次馬の中で喋りながら吐息をついた。

「おい、あれを見ろ」湯屋帰りの男が連れの男に声を掛け天を指差した。

「何も見えねぇじゃないか」

その時、雲が切れ満月が現れた。

「おぉ、あれは」連れが驚きの声を上げた。

突拍子もない声につられて周りの野次馬が天を仰いだ。

波龍の右手で上段八双に構えた杖の先端の鋼玉に満月がかかり、まるで天の生命が波龍に、そして杖に宿ろうとしているかのように見えた。

「こりゃぁ、ならず者の負けだな」

野次馬の一人が波龍に目を戻しながら周りに大きな声をかけた。

「天誅が下るってのはこのことか」

湯屋帰りの二人連れも同時に我が意を得たとばかりに言葉を交わした。杖は波龍のために鍛冶鉄の鉄三が丹精を込めて仕上げた特別の杖だけに、細身の刀剣のように見えた。右手一本のその構えに一分の隙もない。

構えは片手八双から杖が右斜めに下がった。左手は相変わらず懐に入ったままだ。波龍の耳に雪駄の摺り音がかすかに入ってきた。その摺り音で相手は親玉を気取っている侍くずれとわかった。小さく息を吸い込み間合いを計った。

この構えに吠えまくっていたごろつきどもがたじろぎ始めた。中には仲間の後ろへ回ろうとする小心者もいた。

物見高い江戸っ子はこの時すでに三十人は超えていた。六十以上の眼が一対七の対決に固唾をのんで見守っている。

この時、夕闇の中で暮六つの刻を知らせる鐘の音が響いてきた。鐘の音を合図に波龍が一歩前に出た。七人は釣られるように一歩後退して一斉に匕首を抜いた。

野次馬の口から一斉に「あっ」と恐怖に似た声が上がった。同時に後ずさりした。三十人の草履が地面をザーッと引き擦った。まるでその音が小さな地鳴りのように聞こえた。

その時「エイッ」とも「ウエッ」とも判断のしようのない声を発して、匕首を突き出すような格好で波龍に一人が突っ込んできた。

野次馬が再び「あっ」と声を上げた。殆どが顔を背けた。杖と匕首ではどう見ても目の不自由な波龍に勝ち目はないと思ったのだろう。中には両手で顔を覆う婆さんや女子もいた。「エイッ」凛とした声と同時にヒューッと空気を切り裂く音を伴って杖が鳴いた。先頭の男に杖を下段から右に逆袈裟懸けの形で振り上げた。男の匕首は二尺先の地面に転がった。杖に生命を与えた満月が転がった匕首を虚しく照らしている。男はその匕首の前で苦悶の表情を見せ脇腹を押さえ横倒しになっている。続いてまた一人が突っ込んできた。杖が再び鳴いた。左から右へ腹を一文字に払った。男は前の男と同じように前のめりにどっと倒れた。したたかに顔を地面に叩きつけた。顔面は血で鬼面のように相が変わった。

この早業を見た残りのごろつきは今度は左右から同時に突っかかってきた。波龍は体勢を立て直すと杖をやや短めに持ち右の男を左の肩から斜めに打ち下ろした。返す杖で左の男を今度は右下から斜めに打ち上げた。二人はほとんど同時に地面に転がった。杖を短めに持った分だけ打った瞬間、力が倍加したのだ。

波龍は前後に一歩動いただけでほとんど位置を変えていない。再び二人が左右から突っ込んできた。薄い網膜に男の動きが映った。心眼だ。それは勘が網膜に指令を出していたのだ。右の男を杖で上段から右肩を叩き身体を半回転させて、左の男の頬を左手の甲で思い切り張った。男は「ガッ」と異音を残して顔を押さえてどっと前のめりに倒れ込んだ。波龍の左手には何時の間にか念珠が嵌っていた。

多分、男の頬骨は複雑に折れただろう。張られた時に白いものが口から飛び散った。歯が何本か折れたのだ。この念珠は故郷を出発する時に母が無事を願って持たせてくれた大切な念珠だ。波龍が右手で上段に構えた時、左手を懐に入れ念珠を手の甲に掛けた。これも身を守る手段だ。心の中で母に許しを乞うた。

六人のならず者は片付いた。大口を叩いていた兄貴分の着流しは波龍の桁はずれた早業と強さに怖気づき始めている。しかしこれだけの野次馬を前に大見得を切っただけに後には退けないことは百も承知の上だ。

「おい、どうした。怖気づいたか、お前らならず者はとっととやっつけられて消えっちまえ」

波龍の強さを味方に野次馬が元気づいてきた。方々から野次を浴びせる。

残るは着流しだけだ。波龍は右手で正眼に構えた。根付の鈴が風に吹かれて鳴った。構えた杖は微動だにしない。全身から殺気が漲っている。これはもうただの喧嘩ではない。波龍の気概は真剣勝負だ。

「なかなかやるじゃぁねえか」

まだ口先だけは強がりを吐いているが声は震え、鯉口を切った太刀を持つ手も震えている。しかし子分の手前もある。ここで引き下がるわけにはいかないのが兄貴分の辛いところだろう。

「どうした口先ばっかりで手も出ねぇのか、そのへっぴり腰はどうした。うちの嬶だってまだましな腰つきをするぜ」

再び野次馬から着流しへ罵声が飛んだ。野次馬がどっと笑った。

「着流しの粋なお兄さんどうしたの、空威張りばかりで。なんなら私が相手してあげようか」

女形風の男がなよなよ声でからかった。拍手と笑い声がどっと起きた。まるで野次馬同士の掛け合いだ。

「何をこの野郎」太刀を右上段の構えから切り込んできた。正眼に構えていた杖が一瞬のうちに太刀を持つ両手首を叩きつけた。根付の鈴の音を追うようにひゅーっと杖の鳴く音が空気を切っていた。

着流しの両手はだらりと下がったままだ。太刀は二尺ほど先の地面に落ちている。右手は見事に折れている。大口を叩いたならず者たちは顔面蒼白の表情で地面にへたり込んで、左手を差し出して許しを請う仕草で波龍を見上げている。痛さに耐えているのだろう。七人のならず者の顔は苦渋で歪み目はうつろになり焦点が定まっていない。

これでやっと片付いたと波龍も野次馬も思った時だ、波龍の脇からどうみてもならず者とおぼしき風采の男が蹴飛ばされて転がり出てきた。その手には匕首を握っている。その後から侍が現れた。

「其奴がその木の陰から突っかかろうとしていたんで、どう見たって只者じゃぁなさそうだし、狙うとしたらお主しかいないわけだ。どうやらそこのならず者の仲間らしいんで蹴飛ばしたって訳で…」

男は這いつくばったまま仲間のそばへにじり寄ろうとした。「動くな」侍が一喝を浴びせた。

「その声は何時ぞやの星馬左衛門殿では…」

「さよう、お主とはえらく縁がありますねぇ」

「助勢ありがとうございます」

先ほどの緊張した空気とは違い波龍は普段の生業に戻っていた。野次馬は波龍のずば抜けた強さを目の当たりにして互いに褒め言葉を残して、三々五々と去って行った。ならず者の一人が土下座をした。これを見習ってぞろぞろと仲間も土下座を始めた。

「わしらが悪かった。これで何とかご勘弁を」

仲間内の二番手と思われる男が着流しを庇いながら差し出したのは、何某かの金が入っているのだろう、薄汚れた巾着だ。その様子はならず者の言葉じりから分かった。その仕草が波龍の網膜にうっすらと映ったような気がした。

「うぬら何の真似だ」巾着を差し出したならず者に星馬左衛門がまた一喝した。

「このお方は金が欲しくてうぬらと交じえた訳じゃないんだ。拙者は初めから成り行きを見ていたが、うぬらが大口を叩いて喧嘩を売ったんじゃねぇか。そこの二人、この前も同じようなことをして、こっぴどくやられたのを忘れたのか。負けたら金か、うぬらの社会は薄汚れてほんに汚いのう。龍之伸殿、比奴らの始末をどうする」

星馬左衛門は龍之伸の存在を覚えていてくれたのだ。

「わたしは別にこれでいいんです。これ以上比奴らを痛めつけても一文の得にもなりませんから」

「お主も心が広いのう。うぬら、そこで転がっている奴を連れてとっとと立ち去れ。二度と悪さをするようなことがあったら今度は拙者が足腰の立たないようにしてやるから、そのつもりでおれ。分かったらとっとと散れっ」

最後まで居残ってこの光景を見ていた湯屋帰りの二人連れの片方が、

「俺の言ったとおりになったろう。悪が滅びるってのは世の常よ。それにしてもあのお侍も相当腕が立つだろう。そうでなくっちゃぁ、あれだけの台詞は言えねぇぜ」

連れの肩をポンと叩いた。

「どうだい。いいものを見たついでに一杯きゅっとひっかけていかねぇか」

親指と人差し指で猪口を作り口元へ持っていく仕草をした。二人は赤提灯へ入った。たぶん二人は今見てきた光景を講談擬きでもするつもりだろう。

「龍之伸殿、ところでその太刀と匕首の始末はどうしますか?」

転がっている太刀と匕首を指差した。

「星馬殿に異存がなければ一人だけ連れて、匕首と一緒にこの先の自身番へ届けてもらえませんか。ついでにこうなった経過も話してもらいたいのですが…」

「よかろう、そのあと久しぶりに一献かたむけたいと思うがどうかな。先だって馳走になった居酒屋で待っていてもらえまいかな」

「私も今それを考えておりました」

波龍が店に入るなり「すごかったんだって…」もう立ち回りの有様が伝わっている。

半刻ほどして星馬左衛門は戻ってきた。

「事情を話すのに手間取ってしまって申し訳ない。おやじ酒だ」

よほど急いで戻ってきたのだろう。息を切らして注文した。店の中では先ほどの立ち回りを見ていたのだろう。客同士がちらっちらっと波龍と星馬左衛門の遣り取りを目で追っている。

「ところでこの前、龍之伸殿とご一緒だった芸者で何と言ったかな、名前は…」

「絹春さんですか」

「そう、絹春と言っていたな。会ってみたいと思うが…」

「あの時は大層、お手を煩わせて申し訳ありませんでした。ちょっと声を掛けてみましょうか…」

龍之伸は懐から懐紙を帯の脇から矢立を抜いて、行灯を引き寄せ顔をくっつけるようにして一文字一文字確かめながら、星馬殿と同席している旨を記した。

波龍の筆遣いと文字の確かさを見た星馬左衛門は、普通の按摩ではないと改めて見直した。

書き終えた時、長屋のちー坊が店の中を覗き込んだ。波龍を見付け声を掛けた。

「波龍の兄ちゃん、こんばんは」

「ちー坊か。いいところへ来た。ちょいと用事を頼まれてくれないか」

「いいよ。どんな用事なんだい」

「ありがとうよ。じゃあこれを浅草の料理屋のなにわ屋にいる絹春さんという女の人に渡してきてくれないかい」

ちー坊は受け取るなり「付け文かい、波龍の兄ちゃんもすみに置けないねぇ」大人ぶった言い方をした。

「坊、付け文などとしゃれたこと知ってるじゃないか」

星馬左衛門が笑いながら声を掛けた。

「うん、うちの母ちゃんにもこんな付け文が時々届くんだい。母ちゃんは見ないですぐ竈で燃しちゃうんだ」

「坊には父さんもいるんだろう。それがどうして母ちゃんに付文が届くんだい。父ちゃんはそんなものが来たら怒るだろう」

「父ちゃんは死んじゃっていないんだ」

ちー坊はちょっと寂しそうな表情をした。

「悪いこと聞いたな。すまなかった」

「じゃぁ、行ってくらぁ」ちー坊は寂しい思い出を吹っ切るように大人ぶったひと言を残して飛び出して行った。

ちー坊の父親は漁師を生業としていたが三年前に品川沖で時化に遭い亡くなった。母親の咲は近所でも評判の美人で再婚話も方々から持ち込まれたが、ちー坊のためだと頑として断り続けてきた。ちー坊は母親思いの孝行息子で、使い走りでもらった駄賃は母親に渡し家計を助けていた。波龍も長屋のよしみで出来る限りの常識をちー坊に教えていた。

半刻も経っただろうか、ちー坊が戻ってきた。

「渡してきたよ。きれいな人だったよ。あの様子じゃ波龍の兄ちゃんにぞっこんだね。おいらにはちゃんと分かるんだ。よろしくやんなよ。そうそう、今夜は暇だから今の座敷が終わったら来るって言伝があったよ」

ちー坊は息を切らしながら、聞いたまま見たまま思ったままを大人ぶった口調で報告した。

「ちー坊、ありがとうよ。これは駄賃だ」

波龍は文銭を懐紙に包んで渡した。

「いつもすみませんね」ちー坊はまたも大人びた言い方で頭をぴょこんと下げた。

「坊、ちょっと待ちな。おやじさん、おでんを見繕って丼に入れて持たせてやってくれないか。坊、好きなものがあったらそれを入れてもらいな」

星馬左衛門が声を掛けた。

「おじさん、ありがとう。母ちゃんも喜ぶよ」ちー坊は丼を大事そうに抱えて店を出た。

それから半刻あまり後に絹春がやって来た。店の中が一瞬、騒ついた。五、六人の客の目が一斉に絹春の容姿に張り付いた。この光景を波龍は見ることができないが鋭い聴覚が捉えていた。情景が脳裏に鮮明に映っていた。

「波龍さん、声を掛けてもらってありがとう。これは星馬の旦那様、お久しぶりでございます。その節は色々とお世話をお掛けして申し訳ございませんでした」

「こちらこそ、その節は…。今夜、波沼龍之伸殿に会う機会があって急に絹春さんにも会いとうなってのう、無理を承知で龍之伸殿にお願いした次第で…」

星馬左衛門が盃を挙げた。二人も続いた。

「そうそう、波龍さん大変な評判じゃないの。さっき見えた旦那衆が話してたけど、この近くでならず者七人を相手に大立ち回りをしたそうじゃないの。三十人からの野次馬が集まったそうじゃないの。わたしも見たかったなぁ」

絹春は波龍の目をじっと見詰めて言った。

さっきの騒ぎがもう浅草中の評判になっている。波龍は面映い思いで顔が赤らんだ。それはあながち酒のせいばかりではなかった。

「いや、いや七人じゃない、八人だよ。八人目が卑怯な奴で龍之伸殿を後ろから狙おうとしてたところを見付けたんで…」

「其奴は星馬左衛門殿が片付けてくださったので助かりました。星馬殿がいなかったら私は今頃はあの世への入口だったかもわかりません。本当に命拾いをしました」

「命拾いだなんて縁起でもないことを言わないでよ」

絹春は波龍の手の甲に自分の手を重ね睨む仕草を見せた。

時々、客の目が三人の周囲に集まる。侍、按摩、芸者の取り合わせを酔った思考であれこれ詮索しているのだろう。ちらちらと見てはぐい呑み茶碗でグビッと酒を胃の腑に流し込んでいる。波龍と絹春を交互に見る客のどの酔眼も羨ましさが充満している。

「絹春さんは龍之伸殿とかなり親しい付き合いと見受けたが…」

酒が入った星馬左衛門は二人の間柄に興味を持ったのか、初対面の時と同じ問いかけをしてきた。

「えぇ、危ないところを波龍さんに助けていただいて以来のお付き合いです。さぁ、どうぞお空けになって」

動揺を隠すように徳利を星馬に向けた。なぜか絹春の顔に紅が差した。絹春は星馬左衛門に再度酒をすすめた。

注がれた酒を胃に落としながら「いい男にはいい女…似合うもんだな…」星馬左衛門は二人を見比べ目を細めて呟いた。

星馬左衛門は二人が好き合っていると思い込んでいるようだ。そうでなければ走り書き一枚でこれだけの浅草芸者が来るとは思えないからだ。

「星馬様、そんなんじゃぁないんですよ。ねぇ波龍さん、私たちは只の近所づきあいですよね」

絹春は否定しながらも心の中では女が男を想う感情が別の言葉となって流れていた。波龍も同じ想いで星馬左衛門の呟きを聞いていた。

絹春の言葉を返すように「二人を見ていると満更でもなさそうな雰囲気が感じられ

てのぉ…」星馬左衛門が再び呟いた。星馬左衛門の再度の呟きに、絹春も波龍も自分たちが夫婦になるのではと不思議な縁を感じた。そう言われると絹春も差し込みで苦しんだところを助けられて以来、波龍のことが気持ちの片隅で燻り続けていた。その火種が今、はっきりと分かったような気がした。

「ここのおでんも旨いが天ぷらもまた美味だ。まるで二人の取り合わせのようだ」

星馬左衛門は二人の仲を味に例えた。

「おやじ、わたしは先に帰るから勘定を頼む」

「じゃぁ、わたしたちも」

「わたしは上野元黒門町、少々道程もあるので夜風に当たるのも酔い覚ましにはよいだろう。おやじ駕籠を頼む。お二人はゆっくりなされ」

星馬左衛門は勘定に上乗せした文銭を付け台に置いて店を出た。雲間から顔を出した満月が星馬左衛門の影を長く地面に映した。

それから四半刻「波龍さん、そろそろ帰りましょうか」酒で火照った身体に夜風が心地よい。満天の星と満月が寄り添う二人をまるで夫婦のように影を作った。時折、波龍の根付の鈴が小さな音を立てた。

「波龍さん、こうして連れ立って帰るのは久しぶりねぇ。何だか逢引しているみたいで胸がどきどきしちゃって…」

絹春は波龍の端正な横顔を見上げて語りかけた。恋心だろうか、絹春の胸中にさざ波が寄せた。波龍は思いがけない絹春の言葉に戸惑いを感じた。

「胸がどきどきするのは酒のせいですよ」波龍も胸が高鳴っていた。酒のせいでないことはわかっていた。絹春は再び波龍の顔を見上げた。その仕草を波龍は見ることは出来ない。しかし絹春は満月に照らされた波龍の端正な横顔に魅かれている自分をはっきりと悟った。

「何だか絹春さんには悪いような気がして、あっしみたいな者が連れじゃぁ…」

この時ばかりは目の不自由さを恨んでみても…しかしこればかりは詮無いことであった。胸中に切なさがこみ上げてきた。

「そんなことはないわよ。わたしは波龍さんと連れ立って歩いていると夫婦になったみたいな気がしてならないの。嬉しいのよ」

絹春は言った言葉の裏で二歳年下の波龍が無性に愛しくなっていた。思っただけで身体が火照った。絹春はちょうど三十路になる一年前の年である。

そして星馬左衛門と三人で盃を交わした夜から二ヶ月が過ぎた。星馬左衛門から相談したいことがあるので会えないだろうかと急ぎの使いが来た。翌日、星馬左衛門の道場に出向いた。

波龍が着いた時には門弟たちが威勢のいい掛け声を張り上げ稽古の最中であった。波龍は道場の片隅に正座して稽古の様子を耳で追い、成り行きを判断していた。こんな活気のある雰囲気に遭うのは何年振りだろうか、身体の血が騒ぐ。木刀を打ち合う音が道場内に大きくこだまする。人数にして大凡六十人の門弟だろう。

波龍はこだまする大きさで判断した。久しぶりに道場で活気ある雰囲気を全身で感じ、幼少のころを思い出した。竹馬の友として共に剣道の修練に励んだ垣坂小太郎を懐かしく思い出した。目が不自由になってからも小太郎だけは何くれとなく世話をやいてくれた。遠い遠い出来事のように懐かしく思い出した。

「待たせて申し訳ない」

背後から声が掛かった。稽古着に木刀を携えた星馬左衛門が現れた。

「なかなかの盛況ぶりですね。わたしも久しぶりに全身に刺激をうけました。木刀を打ち合う音、掛け声、幼少の頃を懐かしく思い出しました」

「そのことで龍之伸殿に折り入ってお願いがあって、わざわざご足労を煩わした次第で…」

「といわれますと…」

「こちらへ」星馬左衛門は自室へ案内した。

「おーい、茶を」奥へ向かって門弟に声を掛けた。

「頼みごととは、目の不自由なわたしに何が出来ましょうか？」

「実は波沼龍之伸殿の剣術の腕を見込んでお願いするのですが、当道場の師範代を務めてもらいたいのです。龍之伸殿の独特の技法で指導いただければ、門弟たちの技量は一段と上達することは間違いないと確信しているわけです」

星馬左衛門は言い終えると龍之伸の表情を窺うようにやや斜めから見つめた。思いもよらなかった唐突の星馬の言葉に波龍は戸惑いを感じた。

「わたしなどの腕など所詮は素人です。武術で師範代などとんでもないことです」

門弟が丸盆に茶碗をのせて運んできた。会話が中断した。門弟が去るのを待って…。

龍之伸は謙遜して言葉を返した。

「いやいや謙遜なさるな、先般の浅草での七人対、これは失礼、八人対一人の対戦は見事なものでした。わたしの目は節穴ではない。龍之伸殿の腕の確かさはこの目でしっかりと見定めております。是非とも受けてくださらぬか」

星馬左衛門は両手をついて頭を下げた。その仕草は龍之伸には分かるはずもなかったが、気配で熱意は十分に伝わってきた。

「そこまでわたしを見込んで仰ってくださるのなら門弟の方、何人かと立ち会わせてもらえませんか。その結果を星馬左衛門殿が判断されて、その上で良しとされるなら頼みを受け入れましょう」

波龍は星馬左衛門の熱意に応える言葉を返した。その裏で江戸の地でもう一度剣術に取り組みたいと思いが全身をめぐった。

龍之伸も星馬左衛門と剣の道で心が交えられるならば、これほどの幸せはないと感じていた。

「では龍之伸殿の意向に従って門弟と立ち会っていただきましょう」

「よもやこんな話になろうとは思ってもいませんでしたので、この格好で木刀だけを拝借して立ち会わさせてもらいましょう」

星馬左衛門は門弟の上位三人を呼んだ。三人とも道場では名うての使い手である。道場に立った波龍に居並ぶ門弟たちも、目の不自由な龍之伸に勝ち目はないものと冷ややかな眼差しを浴びせた。おそらく一番手に打ち負かされるだろうと全門弟が思っただろう。しかしわずかなのちに門弟たちは己の浅はかな思惑を悟ることになる。

木刀を右手に持った龍之伸は無言で上段から斜め左右に振り分けた。木刀が空気を切ってしゅっと撓るような音を立てた。

星馬左衛門の「はじめーっ！」の大きな一声で道場は静まり返った。道場の中央に対峙した両者に他流試合の様相が重なっているようで、異様な雰囲気が周囲を支配した。

龍之伸は一礼して右手のみで正眼からゆっくりと上段に直る構えを取った。左手は下げたままだ。これが波沼龍之伸の編み出した独特の剣法の構えである。この光景に居並ぶ門弟たちの声にならない驚愕の息が道場内を走った。

一番手に上がった門弟は、剃髪の容姿と独特の構え、そこから発する気概に圧倒されて、まるで金縛りにあったように一歩も踏み出すことができない。道場の空気はピーンと張り詰めている。門弟たちの波沼龍之伸を見つめる目が木刀を握る手元に集中した。その時「エイッ！」龍之伸の気合いの入った声が道場内に反響した。木刀を上段から一気に左斜めに打ち下ろしたと同時に腰を少し沈めた。そこから水平に右に返して胴を払った。見事なまでの早業である。左手は下げたままだ。

「一本」

龍之伸の勝ちはこの一瞬で決まった。異様なざわめきが道場に響いた。

二番手に上がった門弟は龍之伸に一礼して一歩下がった。龍之伸は一番手と同じ構えを取った。張り詰めた空気で一番手よりは使い手であることが感じられた。視力は健常者の八分の一以下だ。それだけに表情は武芸者ほどの鋭さはない。しかし何かを威圧する不思議な気概が漂い相手は一本を打ち込むことができない。

両者無言のまま張り詰めた空気が一瞬、緩んだ。波龍が一歩踏み込む。相手が一歩後退する。間合いを計る駆け引きが続いた。龍之伸は道場の板の間を擦る相手の微かな足音を鋭敏な聴覚が捉えていた。場内の目が両者の成り行きを見守っていた。その時だ。相手が一歩踏み込みざま突きがきた。龍之伸の聴覚が逸速く空気の流れで動きを感じ取っていた。左に僅かに二寸身体を躱すなり面をとった。

これが波龍の戦法だ。五寸身体を左に寄せる瞬間、木刀を両手から右手に持ち替えていた。相手から突きを避けるためだ。両手正眼で打ち込むよりも右手一本で打ち込めば相手の左右五寸の空間を自由に使えるからだ。木刀は相手の髷の上、五分のところでぴたりと止まった。見事な技だ。

「勝負あり！　これまで！」星馬左衛門の大きな声が道場内に飛んだ。

龍之伸の左手は下がったままだ。道場内が騒ついた。何という早業だ。門弟たちは初めて見せ付けられた構えと打ち込みに只々驚愕するばかりだ。

本当に目が不自由なのだろうか、門弟たち全員がそう思った。疑うのは無理もない、それだけ正確無比な打ち込みだからだ。

勝負を見つめていた門弟たちの表情は当初の冷ややかさから敬意の表情に変わっていた。対戦相手を一人残して立ち会いは終わった。あとは対戦するまでもないと星馬左衛門は判断したのだ。門弟三人は龍之伸に一礼して普段の稽古に戻っていった。

「龍之伸殿、貴殿の技量は十分に拝見させてもらいました。見事な腕前に感服するのみです。どこで修練されたか詮索することはござらぬ。あとは当道場での師範代を引き受けてくださることを願うのみです」

星馬左衛門は自室に戻り龍之伸の前に正座して再び受諾してくれるよう懇願した。

「そこまで言っていただけるなら私考した上で二、三日のうちにご返事申し上げます」

このあと、龍之伸は星馬左衛門と一献を交わしながら四方山話でひと刻を過ごした。道場を辞した時は戌の刻、宵五つを過ぎていた。

星馬左衛門が用意してくれた駕籠に揺られていると酒で火照った身体に駕籠の垂れの隙間から入る夜風が心地よい。心を許した星馬左衛門との酒で気持ちが晴れ晴れとしていた。

「酔っ払った振りして惚れちゃったね。惚れた女子は浮気者…」龍之伸にしては俗っぽいはやり歌がつい口をついて出る。よほど気分がよいのだろう。

「旦那、粋な唄でやんすね。粋ついでにもう一つ聞かせておくんなせぇ。ひょっとして旦那はヤットーの使い手では…そうでしょう。浅草での大立ち回りをされたのは旦那でしょう。あっしも見ましたが、まぁ見事というか胸がスカーッとしましたぜ」

駕籠舁きは杖と風体を見てあの時の龍之伸と同一人物だと決め付けて喋りかけてくる。

「駕籠屋さん、田原町を過ぎて五町ほどのところの辻で降ろしておくんなさい。住まいも近いし風に吹かれて帰りまさぁ」駕籠が揺れるたびに根付の音が響く。

「じゃぁ、ここら辺で降ろしておくんなさい」

駕籠賃に色をつけて払った。三町も歩いただろうか「波龍さん、波龍さん」後ろから声が追っかけてきた。振り返っても見えない。常夜灯だけが何事もないように辺りをぼーっと明るくしている。声の主は絹春姐さんだとすぐに分かった。

「冷たいのね。さっきから声を掛けているのに」

追いついた絹春は愚痴まじりに波龍の腕を軽く抓った。鬢付け油と白粉の匂いが波龍の鼻孔に入った。愛しい匂いだ。絹春さんと胸で呟きながら匂いを胸いっぱいに吸い込んだ。満月に照らされて一つの影が二つになった。

「絹春さん、こんな刻限までお座敷で」

「波龍さんこそ遅いじゃないの、遠くまで出張ったの？　それともどこかでいい女と」

絹春は嫉妬めいた言い方を言葉尻に付けた。

「星馬殿から頼みがあるからって使いをもらったので行ってみたら、ヤットーの師範代を引き受けてほしいと頼まれて、ついでに一献馳走になって…」

「ヤットーって剣術の？　わたしもね、今夜のお客さんはしつこくって断るのに往生しちゃった」

ことあるごとに絹春に言い寄ってくる薬種問屋の大旦那だ。

「お互いに客商売も楽じゃありませんね。一生懸命揉んでもああでもないこうでもないって難癖をつける人もいるんで…」

遅い帰りの棒手振りの「ところてーん、ところてーん」間のびした声が聞こえてきた。後を追うように「火の用心　火の用心」夜回りの拍子木を叩く音と独特の掛け声が通り過ぎた。「火の用心、魚焼いても家焼くな」裏長屋の一軒から夜回りの声に合わせて、子供の揶揄するような声が聞こえた。

「馬鹿なことを言うもんじゃないよ。早く寝ないと人攫いが来るよ」

子供を叱る母親の声で障子に映っていた二つの影も消えた。行灯の灯を落としたのだろう。

「波龍さん、見てごらん。見事な満月よ。兎さんがお餅を搗いて…あっ、ごめんなさいね。あんまりきれいだから、ついうっかり口が滑っちゃって。本当にごめんなさいね」

目の不自由な波龍に、絹春は申し訳なさそうに声を細めた。

「あっしも子供の頃、母上と一緒に見たもんです。今はこんな目になってしまったんですが記憶のなかにしっかりと残っていますよ。十五夜のお月さんは今でも心の中にしっかりと輝いていまさぁ、何も気になさらんでおくんなさい。月見団子とすすきの穂を飾って、お月見をしたもんです。懐かしい思い出ですよ」

波龍はふと母を思い出した。この時、心の中の満月に少し雲が掛かった。杖が気持ちを察したのか根付の鈴がもの悲しい音を立てた。

「波龍さん、これからあたしの家にちょっと寄っていかない。もらい物の干物があるから、ちょいと一杯やらない。それとお月見と洒落ようじゃないの、あっ、また言っちゃった。お月見だなんて今夜のわたし、どうかしちゃったみたい」

絹春は大仰な仕草で謝る言葉に添えて波龍の手に自分の手を絡ませた。その手はしっとりと女を感じさせる手だ。波龍も憎からず想いを寄せている絹春から思いがけない誘いである。しかし波龍は戸惑った。按摩風情が浅草一の売れっ子芸者の一人住まいへ行くべきか断るべきか心の中で葛藤した。

「何を考えているの、もうそこよ」絹春は波龍に絡ませた手に力を入れ寄るか寄らないか返答を急がせた。

「あっしみたいな按摩風情が絹春姐さんの家に上がったなどと噂になると、姐さんにとんだ迷惑になるんじゃないかと…」

波龍は素直に気持ちの中を吐露した。

「世間を気にしちゃぁ何も出来やしないのよ、そんなことじゃあ生き馬の目を抜くっていうお江戸じゃ生きていけないわよ」

絹春は気風の好い浅草芸者に戻っていた。

「波龍さんは按摩風情と言うけれど按摩だって立派な生業じゃないのさ。それに具合の悪い人様を揉み治療して治すんだから、この前のならず者なんか波龍さんの足元にも及びゃしないんだから…」

絹春の言葉に波龍は本心から嬉しかった。

「着きましたよ、さぁさお入りなさい」

絹春の住まいは六畳二間と四畳半の小さいながらも一軒家だ。

「ちょっと待っててね。いま灯を入れるから」火種から行灯に明かりを点けた。ぼっと周囲が明るくなった。波龍にもかすかに薄明かりは分かった。

絹春は六畳間の箱火鉢に火種を移し五徳の上に土瓶を置いて徳利を入れた。土間の隅の厨で七輪にも火種を移し干物を載せた。干物の焼けるうまそうな匂いが辺りに漂った。土瓶から湯気が立ち始めた。

絹春のいまの立ち居振る舞いは市井のどこにでも見かける世話好きな女房である。いつの間にか絹春は座敷に出るときの着物から普段の着物に着替えていた。その姿は正に市井のおかみさんである。

「待たせたわね。さぁ飲みましょう」

絹春は丸盆に干物の炙りと猪口を二つ載せて、箱火鉢を挟んで向こう側に波龍を座らせた。

波龍に猪口を持たせ酒を注いだ。ついでに自分の猪口にも注いだ。猪口を重ねるうちに二人の間にあったぎこちない垣根は取り払われた。

「波龍さんとこうしているとまるで夫婦みたいね。わたしもそろそろ身を固めようかな」

まんざらでもなさそうな、それでいてどこか寂し気な表情を見せた。波龍は絹春の言葉の響きで気持ちのうちを感じ取っていた。

酒が絹春の身体を巡り始めたのだろう。白粉と鬢付け油のかすかな匂いが辺りに漂った。波龍はこれまで多くの商家の御内儀の揉み治療に出向き女の身についた匂いを知っているものの、今夜の絹春の匂いは全く別物だ。艶っぽさが波龍の脳から五感を刺激した。

干物の焼く匂いにつられてきたのか雨戸の向こうで猫が鳴いた。か細い鳴き声がした。仔猫も一緒らしい。

半刻もした頃「絹春姐さん、手拭いを貸してもらえませんか」

「なんに使うの?」

「あっしの勘じゃぁ、肩の凝りが酷いんじゃないかと思うんで今夜の礼に一揉みして、凝りを解してあげようと思って…」

「ありがとう、このところ寝つきが悪いのも肩凝りのせいかもね」

手拭いを受け取った波龍は絹春の背後に回った。

絹春は袷を自らの手でずらし襦袢姿になった。おしろいの艶っぽい匂いがぱっと辺りに散った。行灯の灯りに浮かんだ後ろから見る容姿は妖艶な浮世絵になった。波龍の薄暗い網膜にも襦袢の白さがぼーっと映った。気持ちの中にさざ波が立った。

波龍は絹春の両肩にかかる襦袢の襟をさらにずらし露になった肩に手拭いをかけた。先ほどとは違う官能をくすぐる匂いが波龍の鼻腔をくすぐった。何故か気持ちがゾクッとした。男の本能を呼び起こす雌の匂いでもあった。波龍は肩に手の平を当てた。

「随分な凝り様ですね。こりゃぁ寝つきが悪いはずだ。今夜からぐっすり眠れるようによく揉んでおきますから…」

話す口調は生業言葉であっても心を惹かれている絹春の肌に手拭いを通してとはいえ、波龍の手に愛しい絹春の肌の温もりが伝わってくる。その温もりが心臓を小刻みに叩き続けている。

めったなことでは動じない波龍もいまの状況では尋常ではない。小さな部屋に好き合った男と女二人がいるだけだ。波龍も所詮は男である。目が不自由とはいえ健常者と同じ妄想に悩むこともある。網膜に絹春の妖艶な容姿が再来する。ややもすれば男の本能が頭を擡げようとする。いまの行為は按摩という生業である。沈静を保たなければと剣の教えを頭の中で反芻することしかなかった。

「波龍さん、手拭いを外して直に揉んでもらえないかぇ、あんたの剣術で鍛えたその手で一度でいいから直に触れて欲しかったの…」

絹春の声は心なしか震えている。絹春は波龍への想いをこんな形で告げたのだ。これが三十路間近の女の性なのだろうか。精一杯の表現であった。「絹春に真の春が来い」そんな声なき声が二人の辺りで飛び交っていた。

絹春は諏訪の在所を出てから十数年、芸者見習いから芸者へ、そして浅草では一、二を競う芸者に上り詰めた絹春姐さんの一世一代の恋の告白台詞であった。

絹春の肌は酒のせいもあってか薄桜を散らしたようにほんのりと艶づいていた。その艶は波龍に見ることは叶わなかった。しかし艶っぽさは剣士の心に伝わっただろう。波龍も文武両道を歩んできた人間だ。いまの絹春の心情は痛いほど分かり十分に理解していた。黙って手拭いをはずした。波龍の手の平に恋しかった絹春の柔肌がしっとりと吸い付くように温もりが伝わってきた。これが絹春姐さんの本当の肌だ。波龍は感動を覚えて涙が落ちた。涙は絹春の肩を伝わって胸元でつぶれた。その時、突然だった、絹春が言葉を漏らした。波龍が思ってもみなかった言葉が絹春の口から転り出たのだ。

「わたし龍之伸さんのことをずっと前から…」

そこまで言うと絹春は肩にかかった波龍の手をしっかりと握った。その手はしっとりと湿りを帯びて絡みつくような感触だった。

「わたしも絹春姐さんを…」

波龍も絹春の心情に応えるようにこれまでの想いを激情を込めて一気に吐露した。言葉もいつの間にか武家の言葉に戻っていた。そこに波龍は生い立ちから今日までを語った。

絹春も語った。

絹春の生家は諏訪の在では相当な田畑、山林を所有する資産家であった。絹春は十二歳になった春、父親に鉱山の開発話を持ち込んできた男がいた。実直な父親がまんまと騙された。資産の大半を失って生家は傾いた。こんな経緯があり絹春は江戸へ出たのだ。二人の会話は終わった。

まだ雨戸の向こうに猫がいるのだろう「ニャー、ニャー」と鳴いた。

波龍は弱視の目で絹春の目を見つめた。心の鏡に錦絵の中の美しい容姿と見紛うばかりの絹春の顔が映った。初々しい顔に見えた。そっと顔を近づけた。両手で絹春の顔を挟んだ。絹春はされるがままに顔を上向けた。何も言わずに口を吸った。絹春も静かに受け入れた。二人にとって初めてのことだった。

波龍は憧れに似た想いを抱き続けてきた絹春の肌に触れ口吸いという現実に、生業を忘れて男としての無我の境地に没入していった。

時折「絹春姐さん…わたしは…」

これまで心の中だけ秘め耐えていた好きという表現と、口に出せなかった情のこもった呼び名を波龍は何度も何度も口走っていた。横たえた絹春の身体は薄桜の彩を増していた。菜種油を薄く掃いたようにしっとりした襟足に結い上げた髪がほつれて張りついている。それは酒だけの火照りではなく恋情の火照りが出す体汗が肌を湿らせていたのだ。

箱火鉢にかけた土瓶がシュッ、シュッと湯気を吐いている。二人にはそれすら気づくこともなく、ただ、互いの愛を求めて快楽の海を浮遊していた。襦袢の裾が捲れ露になった脹脛の白さが、行灯のぼーっとした薄明かりを受けて凄艶な浮世絵にも似ている。絹春の小さな喘ぎが「あぁ…」と言う、あ行となって尾を引きながら紅を引いたぬめるような唇の端から小刻みに漏れ続けた。

絹春と波龍は初めて知った互いの官能の淵を何刻かゆらゆらと漂っていた。

一番鶏の鳴く声が雨戸を通して聞こえてきた。やがて東の空が白んでくる。二人の間にどんなことが起きていたかは…大人の男と女の世界である。只、二人とも晴れやかな表情に戻っていたことだけは事実として伝えておこう。

「そろそろ明け六つね。今時分帰ると朝の早い長屋のおかみさんたちの噂になりかねないから昼過ぎまでここにいて。早朝わたしが頼んで来てもらったことにするから、ねぇ、いいでしょう。これも何か言われた時の話よ。嘘も方便って言うでしょ」

絹春はぺろっと舌をいたずらっぽく出した。これは絹春の口実で本心はひと刻でも夫婦の真似事をしていたかったのだ。そして絹春は甲斐甲斐しく朝餉の支度を始めた。その立ち居振る舞いはまるで新妻のように…。味噌汁の香ばしい匂いが二人の間に立った。

絹春は波龍という恋人を得て以来、容姿に一段と艶がかかり益々浅草芸者としての評判を高めていった。波龍が絹春と初めて肌を交わした夜から、ちょうど一ヶ月が過ぎた。

波龍は星馬道場での師範代として評判がよく入門者が百人を超えた。その傍ら按摩としての生業にも精を出した。

「絹春姐さん、近頃めっきり艶っぽくなって、誰ぞ好きな男でもできたんじゃないのかい」

昨日も呼ばれたお座敷で人形町の旦那から声を掛けられた。

近頃の絹春の美貌に目をつけたのがいま売り出し中の浮世絵師、山中玄世だ。ぜひとも描かせてほしいと版元を通して言ってきた。絹春の芸者姿なら江戸はおろか浪花でも飛ぶように売れると、大枚を積んで再三にわたって口説きに来た。絹春は頑として応じなかった。痺れを切らした版元は絵師の山中玄世を連れてきた。玄世は絹春を一目見るなり息を飲んだ。評判には聞いていたが、これほどの絶世の美人とは想像もしていなかった。玄世は何としてでも描かせてほしいと執拗に版元を伴って日参してきた。版元も売れると踏んでいるのか三十両から五十両、七十両と手付金を吊り上げてきた。

「あなた様ほどの器量好しは江戸広しと言えども見当たりません。その器量を世に出さない手はありません。玄世先生とわたくしで成功させますから是非とも…」

版元は口元に、分かるか分からないほどの狡猾は表情を作り、揉み手でしきりに口説く。

「美しい、美しい、惚れ惚れするほど美しい姿じゃぁ。わしも一生に一度でいいから描いてみたいものじゃぁ」

玄世も版元の口説きに加わった。しかし絹春は他人事のように聞き流すだけだ。

「ところで百両では…」

あとを引き継ぐように絹春が口を開いた。

「わたしは芸者としての芸は売っても姿絵は売りません。絵になって男衆の慰めものになる積もりはありません」

きっぱりと断った。これが絹春の言い分である。しかし本音は波龍への操立てを誓っていたからだ。ましてや目の不自由な波龍がはっきりと見ることの出来ない絹春の美貌を、浮世絵という形で人様に見せたくはなかったのだ。強気な性格の絹春もこと波龍に対しては細やかな気遣いを見せた。

お互いの情が絡んだあの夜以来、波龍も絹春もお互いを片時も忘れたことはなかった。時々、偶然を装って居酒屋での逢瀬を楽しんでいた。この時ばかりは波龍の表情が一段と晴れやかになる。絹春はこの表情を見ると自分も晴れやかになる。波龍の表情は自分だけのものだと確信する。そう思う時こそ波龍が一番愛しい時でもある。二歳年上という女の性がそうさせているのだろうか。無性に愛しいのだ。時折、芸者を辞めようかと本気で考えることもある。今頃は波龍さんは…どこで何を…。ふと切なさが走る。

その頃、波龍は大川端の桜を半月が照らし蕾の白さがより白く見える夜半、素振りで新しい構えから技を編み出そうと苦心していた。波龍独特の杖が唸り、夜の空気を裂く音がするだけだ。無言の掛け声を心の中で叩きつけていた。半月に照らし出された剃髪の容姿から繰り出す剣に代えての杖の構えと振りは、鬼気迫るほどの迫力がある。時折鳴る根付の鈴の音が静寂の中で際立つ。星馬道場へ出張るようになってからは一層鍛錬に励むようになった。今夜も生業を終え長屋の住人が静かになった時刻、杖を頼りに大川端のいつもの場所へ出張ってきた。

剣を杖に代えて編み出した「右手上段構え袈裟落とし」には誰一人として打ち合える者はいない。波龍はさらに強力な技にしたいと今夜も構えと打ち下ろし、その上に精神力を加えた技を極めようと苦心しているのだ。

「まだ根付の鈴が鳴るようじゃだめだ」

波龍は独り呟き杖を上段に構えた。一瞬ヒューッと空気を裂いて杖が唸った。鈴がチンと鳴った。納得がいく構えではない。自問自答しながら首筋の汗を拭った。

「まだだ。どこがいけないんだろう…」根付の鈴に語りかけた。

「まだまだ修行が足りん。精進が足りんのか…」波龍は心の中で呟き、杖を取り直した。

鍛錬で汗ばんだ肌に春の浅い夜風が心地よい。風が少し強まったのか桜の枝が騒ついた。

「今夜はこのくらいにしておこう」

独り呟きながら肌の湿りを手拭いで取った。半月を背に歩き出した姿はいつもの生業の姿に戻っていた。

六　果たし状

今日も星馬道場から帰る途中、田原町まで来たところで「そこの駕籠屋、ちょっと止まってくんな」駕籠を止める男がいた。どうやら道場を出たときから後をつけてきたらしい。どうみても素人ではなさそうだ。波龍にはその風体が分からなかったが、あとで駕籠舁きの一人が教えてくれた。

「もし、お前さんが波龍さんというお方で」

駕籠の垂れを勝手に上げながら声を掛けてきた。無礼な奴だとは分かっていたが

「そうだが何かあっしに用事でもおありで…」

「波龍さんと分かればそれでいいんだよ。ちょいとこれを預かってきたんで受け取ってくんな」一通の書状を手渡した。

「これはなんだね。あっしは目が不自由なんで書状をもらっても読めないんだ。お前さん読んじゃぁくれないか」

「生憎あっしは字が読めねぇんで、ヤットーの先生にでも読んでもらってくんな。

じゃぁ確かに渡したぜ。駕籠屋じゃましたな」

男はぞんざいな言葉で終始して小走りに去って行った。

どうせろくでもないことだけは去った男の言動で分かった。

「旦那、いまのはなんでぇ。いきなり止めて言うだけ言って邪魔したなはねぇもんだ。どっかのならず者みたいですね。まさか果たし状じゃないでしょうね」駕籠舁きの前棒が垂れを下げながら声をかけた。

「あっしにもとんと覚えのねぇことで、さぁやっておくんなさい」

波龍は駕籠の揺れに身を任せて思考してみるが男の声にもまして、やくざ紛いの者から書状など届けられる筋合いはなく思い当たる節はまったくない。このまま絹春の家に寄って中を改めてもらおうと思った。しかし内容が分からないままで見てもらうのも不安があった。それに駕籠舁きの言った果たし状の言葉が気持ちの隅にちょっと引っかかった。明日にでも星馬殿に見てもらおう。

その夜、絹春が貰い物だけどと饅頭を届けてくれた。絹春は甲斐甲斐しく茶の用意などして半刻ほどいて帰って行った。波龍はもう少し居てほしかった。しかし居てほしいという我儘な気持ちを武家の血筋が封じた。その上、長屋の連中は絹春が時折訪ねてくることをまだ知らない。

翌日、書状を星馬左衛門に見せた。

「龍之伸殿、これは果たし状ではないか、と言っても内容は喧嘩状ですね。無視しますか」

「どんな理由でわたしに…」

「どうやらこの前の八人をやっつけた仲間と関わりがあるらしい…」

「差出人は」

「内藤新宿　権十郎とある。どうやら龍之伸殿に絡んで仲間内で功名を立てたいらしい、馬鹿な奴らだ。勝ち目もないのに、ここはひとつ後々のことも考え見せしめますか…」

書状には吾妻橋の袂に七日戌の刻五つ半とある。

「あと二日か、行きましょう」波龍は独り言のように呟いた。

「行かれますか？」

「星馬殿、此奴らならず者は懲らしめておかないと、後々のためにも良くないと思います。善良な町人に言いがかりをつけて金銭をたかる輩ですから」

「そこまで申されるなら龍之伸殿の気のすむようになされるのがよかろう。わたしは気づかれないよう様子を見ることにしましょう」

当日が来た。月の光を受けた大川の川面はさざ波がきらきらと小さな輝きを放っている。波龍は普段と変わらぬ生業の姿で相手の現れるのを待った。戌の刻五つ半となると昼間の賑やかな通りが嘘のように人の通る気配が感じられない。「そろそろ来る頃だな」独り呟いた。なぜだか気持ちはいたって平静だ。正義の明鏡止水の心境が脳裏で止まった。

絹春のにこやかな笑顔が胸の中に宿った。「絹春姐さん、わたしはこんなことで命の杖を使いたくないんです。しかしこのまま放っておいたら、波龍はならず者の言いなりになったと吹聴されるだろう。わたし一人なら吹聴されたって構わないんです。だが星馬道場の師範代が尻尾を巻いて逃げたと言われたら心外です」

波龍は心の中で絹春に語りかけた。

「存分におやんなさい。波龍さんを信じています」絹春の声が心に聴こえた。

辺りがスーッと暗くなった。月が雲に遮られた。川面のさざなみも消えた。小さな突風が柳の枝を騒つかせた。羽を休めていた雀だろうか、バタバタと飛び立った。五羽か六羽だろう、波龍は勘で数えた。その時「待たせたな」図太い声が背後に掛かった。足音からすると三人か、雲が途切れて月が顔を出した。波龍の網膜に薄い薄い明かりが戻った。地べたに四つの影が映った。

「噂通りの按摩か。そんな杖で俺たちの相手をしようというのか、止めるならいまの内だぞ。土下座して許しを乞うても構わんぞ」

勝ち誇ったように高飛車な言い方をする。どうやら此奴が頭らしい。もみあげを長く伸ばしいかにも悪という面構えだ。どうやら権十郎は此奴らしい。大小二本を差している。

波龍は黙って聞いていた。杖は右手に左手は懐に入れたままだ。この時すでに念珠は手の甲に嵌っていた。

「おい、何とか言え」

発言しない波龍に苛立ってきたのか先ほどの頭らしい男が声を荒げてきた。

「お前さんが権十郎か、何の言いがかりか知らんが果たし状とは洒落たことをしてくるもんだ。断っておくが俺はお前のやり方が無性に腹が立つ。今夜は容赦しないから、そのつもりでおれ」

波龍は怒る言葉をばしっと投げつけた。

「兄貴、どうします。あっしがガツンと一発かませやしょうか」

木陰からこの様子を見ていた星馬左衛門は「彼奴らの負けだな」ポツリと独り呟いた。

波龍は欄干を背にして立つ姿は異様なまでに毅然としている。杖は下げたままだ。杖の先の鋼玉が月の光を受けて時々鈍く光る。波龍は先の一言を投げてから黙りの戦術に変えた。

「おい、何とか言え。聞こえねぇのか。怖気づいたのか。勝負するのかはっきりしろぃ。止めるなら落とし前をつけて行け」一気に捲くし立ててきた。とうとうたかりの本性を現してきた。頭らしい男の言葉遣いからすると、どうやら侍崩れらしい。波龍はまずこの男を打ちのめすことが先だと考えた。

「もう一度聞く、お前が権十郎か、どうやら侍崩れの成れの果ての碌でなしか。引き下がれだの落とし前だの只のたかりじゃないか、お前に呼び出されたんだ。引き下がるわけにはいかないだろう。望みどおりきっちり勝負しようじゃないか。俺が勝ったらその髷を落とさせてもらうからそのつもりでかかって来やがれ」

波龍は相手に合わせてぞんざいな言葉で返した。

「ほざくことはそれだけか」

言うと同時に権十郎は太刀の鯉口を切るなり抜刀した。白く冷たい光が月の明かりを受けてキラリと光った。子分たちが中腰で一斉に匕首を抜いて権十郎の後ろについた。杖と太刀か、星馬左衛門は万一の事態に備えていつでも飛び出せる体勢で成り行きを柳の陰から見守った。

波龍は権十郎が太刀を抜いた微音を聴き逃さなかった。研ぎ澄まされた聴覚がどんな小さな音でも捉えていた。波龍は欄干を背に杖を下げたまま左手は懐に入れたままだ。

一見すれば隙だらけのように見える。しかしそれは素人見であって、波龍の全身には闘志の神経が張り巡らされている。隙を見て打ち込んでくれば一杖両断、返り討ちに遭うことは間違いない。波龍は三人の位置を声の方向と草履の摺り音で計った。権十郎をまず倒すことを頭の中で組み立てた。相手は太刀だ。太刀を落とすことが先決だ。

波龍は頭の中で攻略法を組み立てながら身体は微動だにしなかった。静も剣法の一つだ。明鏡止水の心境で辺りの状況を心に映した。権十郎は動かない波龍に異様な動揺を感じていた。微動だにしない波龍から漂う殺気に似た気概に恐怖を感じ始めていた。下げたままの杖から殺気が静かに辺りの空気を切り裂いて権十郎を圧迫していた。最早、自分が倒せる相手ではないことを悟った。後悔してもどうにもなることではなかった。

「早くやれ」

錯乱状態に陥った権十郎はあとの二人にけしかけ怒鳴るしかできなかった。しかし声が震えているのがはっきり分かる。冷え込んできた夜気のせいばかりではない。恐怖に怯えている声だ。二人のならず者も先ほどの肩を怒らせていた時とはまるで正反対だ。全身が石像のように固まっている。手に持つ匕首が小刻みに震えている。

「早く行け」

再び権十郎が震える声で怒鳴った。同時に二人が「この野郎」匕首を両手で構えて突っ込んできた。ならず者が第一歩を踏み出した草履の摺り音を波龍の聴覚が捉えた。波龍は下げた鋼の杖を斜め上に思いっきり跳ね上げた。左の男の脇腹に強烈な痛みが走った。太刀とは違い血は飛散しない。次に跳ね上げた反発力で今度は右の男の肩を強靱な腕力で打ち砕いた。「あっ」という間の一瞬の出来事だった。二人のならず者の一人は肋骨を、一人は肩骨を打ち砕かれてその場に崩れるように倒れ込んだ。ならず者の手から飛んだ匕首が虚しいまでに月の光に晒されている。この光景を見た星馬左衛門はこれで自分の出番はないと確信した。流石に龍之伸の腕の凄さを再認識した。

「さぁ、次はおめぇの番だ。さっきの啖呵を忘れちゃいないだろうな、忘れたとは言わせねぇぜ。俺はいま無性に腹が立っている。おめぇの脳天を叩き割ってやりたいくらいだ。だが、この杖はまだ一度も血を吸っちゃあいねぇ。おめぇの脳天を割ったら、その腐った脳みそと汚ねぇ血でこの杖が穢れてしまわぁ。だがおめぇのさっきの言い草は許せねぇ。さっき俺にたかが按摩と言ったな、按摩は立派な生業だ。おめぇらは蛆虫よりも劣ったならず者だ。世間様に真っ当に顔を向けて歩けるか、おめぇの脇差は人様を脅かすだけの道具じゃないか。二度と使えないようにしてやろうじゃないか。どっからでもかかって来い」

波龍は一気に怒りを権十郎に投げつけた。

権十郎はもはや恐怖だけが全身を駆け巡っているのだろう。声は出ない。顔面は月光に照らされて蒼白を晒している。隙あらば二人を捨ててでも逃げ出しそうな態である。

波龍は一歩詰めた。権十郎は二歩引いた。完全に戦意を失っていることは辺りの気配でしっかりと読み取れた。橋の端を帰りの遅い棒手振りがちらっと二人を見て足早に通り過ぎて行った。たぶん、触らぬ神に祟りなしを決め込んだのだろう。

波龍は作戦を変えた。一歩下がって半歩回り相手に背を見せた。権十郎は波龍が勝負がついたものと思って背を向けたと勘違いしたのか太刀の柄を持ちかえた。その瞬間、波龍の聴覚が鞘と着流しの衣擦れの微かな音を捉えていた。右足を軸に身体を半回転させて思いっきり胴を払った。しゅっと唸る小さな音がした。同時に根付の鈴が夜気の中で澄んだ音を一つ立てた。

「ぐえっ」と奇声を吐くと同時に二歩よろけてその場に崩れ落ちた。肋骨の二本は折れただろう。

雲が月を覆った。その時、先に倒れた一人がよろよろと立ち上がって背後から突っかかってきた。

波龍の勘が逸速く動きを察知した。身体を回転しざまならず者のこめかみを左手の甲で思い切り張った。念珠がこめかみを砕いた。血へどを吐いてその場へ顔面から突っ込むような格好で倒れこんだ。もはや三人に立ち上がる力はない。

「見事、さすがだ。龍之伸殿が編み出した右手杖一本乱取りの構えから一気に袈裟懸け胴払い、これが真剣なら彼奴は即死だな」

星馬左衛門は賞賛の言葉のあとに死という最も重い言葉も付け加えた。

三人は最初の大口とは裏腹に地べたに転がっている酔っ払いと同じように見えた。情けない敗者の姿を月光の元に晒している。

「おい権十郎、先ほどの約束どおり、髷を落とさせてもらうぜ。星馬殿、匕首を拾っちゃぁもらえませんか」

波龍は受け取った匕首で権十郎の髷を切り落とした。髷が解けてざんばら頭になった。まるで刑場で処刑された顔相に似て哀れそのものだった。

「わしは此奴ら二人の髪を落としてやろう。二度と悪さをしないように」

　ざんばら髪にされたごろつきどもはまるで刑場に送られる罪人のようだ。

「龍之伸殿、そなたはこの場からすぐ離れて自身番の近くの駕籠屋に寄って、男が三人倒れているからこの場所にすぐ来るように言ってください。おい、権十郎と言ったな。そこの二人も有り金を全部出せ」

「星馬殿、何も金まで取ることは…」

「そうじゃないんだ。比奴らを駕籠で町医者まで送ってやるのに、ただじゃぁ駕籠屋も送ってはくれまい駕籠賃だよ」

「そうだったのですか、わたしはまた…」

「みなまで言いなさんな、こんなならず者を送るんだ。駕籠屋だってそれ相応の駕籠賃が欲しいだろうしハッハッハッ」星馬左衛門は愉快そうに笑った。

　波龍は本来の生業に戻ってその場を離れた。心なしか根付の鈴が寂しげな音を残して遠ざかって行った。虚しい気持ちが鈴の音に移ったのだろう。月が波龍の影を長く伸ばした。

　網膜に絹春が降りてきた。無性に絹春に逢いたくなった。何のために無意味な勝負をしたのだろう。孤独感が一気に全身を襲ってきた。

半刻ほどして駕籠屋が来た。

「おや、星馬道場の先生じゃありませんか」

「おぉ、常さんか、これは都合がいいな。悪いけど比奴らを内藤新宿まで送ってやっちゃぁくれないか」

星馬は三人を指差した。

常たちはざんばら髪の異様な姿を見てぎょっとした表情で尻込みをした。

「えっ、内藤新宿ですか。この夜中じゃあ」

常は暗に賃料の上乗せを匂わせた。

「みなまで言うな。金ならここにたっぷりある。遠慮はいらねぇから全部持って行ってくれ」

巾着を常に放った。「おっと」受け取った常は巾着の重さに驚いた。三台の駕籠舁き人夫も巾着を回してその重さに目が点になった。

「先生、こりゃぁ一体どういうことで…」

売れ残ったのか棒手振りが重そうな足取りで、不思議なものでも見るように横目越しに通り過ぎて行った。

「わしがここを通りかかったら比奴ら三人が呻いているものだから訳を聞いたら、どうやら仲間割れをしたらしいんだ。相討ちってやつだな。どうも内藤新宿から吉原へ遊びに来たらしいんだ。ところが女の取り合いでこうなったということだ。まぁ、そういうことだからその金で送ってやってくれ。頼んだぞ」

星馬左衛門は事実を伏せて思いつきを話した。「わかりやした。おい、これだけもらっちゃぁ送らねぇわけにもいくめぃ」常は相棒に威勢のいい声をかけた。

「先生、その危ねぇものはどうします」

常が地面に転がっている太刀と匕首を指差した。

「大川にでも放りこんでやってくれ。それと途中に町医者でもあれば叩き起こして診てもらってやってくれ。頼んだぞ」よほど痛むのだろう、唸る三人を駕籠に乗せた。

この騒ぎに誰かが番屋に駆け込んだのだろう。三人を駕籠に押し込んだ後、岡っ引が駆けつけてきた。岡っ引は辺りを見て怪訝な顔いろを星馬左衛門に向けた。

「いや、これは仲間内の喧嘩で何でもないよ」常が応えた。岡っ引も「そうかい」それだけで駕籠の中も見ずに引き上げた。

「さぁ、行くぜ」常があとの人夫に声を掛け息杖でぽんと地面を突いて、内藤新宿を目指して走り出した。「えっさ、ほいっさ」掛け声につられて担ぎ棒の先に付けた提灯の灯が遠ざかっていった。あとには先ほどまでの殺気立った空気とは裏腹に、何事もなかったかのように夜の静寂が辺りを包んでいるだけだ。

「馬鹿な奴らだ」

星馬左衛門は吐き捨てるように呟き大川に目をやった。悠久の昔から大川の変わらぬ流れの川面は、月光を受けて黒く光のさざ波が繰り返しを続けている。

犬の遠吠えが聞こえた。大工が道具箱を肩に棟上げで御馳になったのだろう、お神酒が腹の中で踊っているのか千鳥足に合わせて鼻歌を口遊みながら、星馬左衛門をちらっと横目で見て通り過ぎた。

「旦那、星馬の旦那」ふいに横合いから声をかけられた。声の主はいつもの屋台のおでん屋だ。

「寄っていきやせんか」おでんの旨そうな匂いが鼻先に漂った。星馬も今夜は飲みたい気分になっていた。

「じゃぁ一杯付き合うか」

「今しがた波龍の旦那が通りかかったもんだから声をかけたんですが、聞こえなかったのか素通りでさぁ。なんだか今夜は様子がちょいと変でしたね」

星馬左衛門は先ほどの騒動の後だけに龍之伸の気持ちも分かっているだけに「そう

か」としか返答のしようがなかった。

「へいお待ち」茶碗になみなみと酒を注いで付け台に置いた。

星馬左衛門はさっきの情景を打ち消すように一気に呷った。熱い流れが胃から五臓六腑を巡り血の騒ぎが収まったような気がした。

「今夜も月の中で兎が餅を搗いていますねぇ」

おでん屋が屋台の端から夜空を見上げて呟いた。決闘が終わった江戸の夜は静かに更けていく。「明日の夜は十六夜か」言葉を返しながら満月を見上げた。龍之伸殿はこの見事な月を見ることは叶わないだろう。なぜか龍之伸の身の上に思いが走った。

「旦那、どうかなさいましたか」思いに耽る様子におやじが声をかけた。

「いや、つい満月を見ていたら…」言葉尻を濁した。

遠くから酔っ払いの声高い喋りが風に乗って聞こえてきた。

星馬左衛門が二杯目を飲み干した時、足元で小さなものが動く気配がした。見ると仔犬が星馬左衛門を見上げるようにちょこんと座っている。星馬左衛門は心の中にほっとするものを感じた。抱き上げた。素直に膝の上に座った。曇りのない目で何かを訴えるようにじっと星馬左衛門の顔を見上げている。愛しささえ覚えた。星馬左衛門は「お前も父なし子かそれとも母なし子か」まるで人の子に語りかけるように頭を撫でてやった。仔犬はくんくんと鼻を鳴らしながら星馬左衛門の手を舐めた。

　おでんの残りの大根を手に乗せて口先に持っていってやった。仔犬は一気に食べた。手の平に残った僅かな汁も舐めた。

「おやじさん、この仔犬は捨て犬かい」

「ここひと月前から暮れ六つ時分になるとよく来るんですよ」

「もし捨て犬ならわしが貰い受けて育ててもいいかな」星馬左衛門はなおも愛しそうに仔犬を撫でながら、目は侍ではなく一介のやさしい目になっていた。

　道場には独り者の左衛門のために賄いの婆さんが朝夕出入りするだけで、他には女っ気が全くない。少しでも門弟たちの癒しになればと考えたのだ。その時、月明かりの中に幼少の頃に別れた娘の千代の面影を見ていた。

「そうしてやってもらえばその仔犬も幸せでしょう」

「じゃぁ今夜連れて帰ってもいいかな」

　星馬左衛門は懐から懐紙と矢立を取り出して一筆認めた。

「これを屋台の隅に張っておいてもらえないか。飼い主が現れたらこの仔犬を返すから」

　星馬左衛門は仔犬を連れ帰った理由と道場の所在を認めておいた。「じゃあ、今夜はこれで」星馬左衛門は仔犬を懐に入れるように抱え込んで夜の帳の中を帰っていった。その背中には倖が張りついていた。

七　盗賊の哀しい末路

「今夜は客が来そうにないからそろそろ仕舞うとするか」

独り言を呟きながら七輪の火を落とそうとした時だった。屋台の前を二つの黒い影がすーっと足音も立てずに通り過ぎた。

「薄気味の悪い野郎だ」

影を目で追いながら、おやじはぶるっと身震いをして呟いた。満月が煌々と下界を照らしている。それだけに黒装束がはっきりと月の光の中に現れていた。

「よいしょ」引っ張る屋台の影が右から左へ流れる。風が出てきた。道端の柳の枝が揺れ始めた。辻に立つ常夜灯を曲がったところで岡っ引とばったり鉢合わせした。

「おやじ、この辺りで二人連れの男を見かけなかったか?」

息を切らして性急な問いかけをしてきた。どうやらただ事ではなさそうだ。おやじは嫌な予感に頭をぶるっと振った。

「へい、ここへ来る途中、一丁ほど手前で見掛けやしたけど何事で」

「半刻ほど前にこの先の大店に押し込み強盗があって主人を殺し損ねて逃げた奴だ」

岡っ引は来た方向をふり返って指差した。

「なんぞ他に気づいたことがあったら自身番まで知らせるように」

岡っ引はそこまで言うとおでん屋とは反対方向に走り去った。

「おそろしいことだ」

通りに連なる長屋の明かりは消え、辻々に立つ常夜灯だけがぼーっと薄明かりを散らしているだけだ。雲が月を隠した。辺りが急に暗くなった。背筋に戦慄に似た悪寒を覚えた。風がまた出始めたのか柳の枝が騒ついた。風に押されるように屋台を引く手に力が入った。まもなく長屋というところで「おーい、おでん屋」後ろからぞんざいな声が追っかけてきた。

追いついた男はどう見ても素人とは思えない風体である。おでん屋はいやな予感がした。

「何か用でも」

厄介なことに関わりたくはないと思いながらも男の風体を見たら、返事をしなければ何をされるか分からないと思いが先立った。

「お前さん、さっき二人連れの男を見ただろう、何か拾わなかったか?」

「何も拾っちゃいませんよ」

「本当に拾わなかったのだな」男は声を強張らせて問い詰めた。

「夜のことでさぁ何も目に入らなかったですよ」

「ならいい。邪魔したな」男はおやじを上から下までじろっと一瞥すると、元来た方向に小走りに去って行った。

おでん屋は嘘をついていた。二人が屋台の脇を通り過ぎたあと土鈴のようなものが落ちていた。拾い上げてみると大振りな素焼きの土鈴だが、振ってみると澄んだ音ではなくざらざらした音がした。曰くありげな土鈴だけに博学の波龍さんに見てもらえば何か分かるかと思ったからだ。

翌日、昨夜の岡っ引がおでん屋を尋ねてきた。もう少し詳しいことを聞かせてくれという。

「詳しいことと言われてもただ出くわしただけですからねぇ」

「なんぞ気になることは、細かいことでもいいんだが」

「そう言えばお前さんたちが立ち去ったあと、何か拾わなかったかと風体の悪い男が聞きにきましたが」

「拾ったのか」

「いや拾っちゃぁいませんよ」

「その風体の悪い奴の人相は」

「暗くてはっきりはしませんが五尺ちょっとの小柄な男だったかな」

「他には」

「それくらいかな」

「ところで昨晩の二人連れの人相は」

「身の丈五尺五寸くらいで痩せ身だったかな、あっしが見たところじゃぁ、二人とも堅気じゃなさそうだったかな。ちょっとしか見えなかったが何だか薄気味の悪い野郎で…」

そこまで聞くと岡っ引は引き上げていった。

おでん屋はここでも土鈴のことは話さなかった。おでん屋が土鈴を拾った夜から神田、人形町、日本橋と三晩続けて押し込み強盗が起きた。いずれも両替商、呉服商、海産物商などの大店を狙って高額な金品を強奪した。抵抗する者がいれば有無を言わせず殺めるという非情な押し込み強盗集団である。その日から江戸市中はこの話で持ちきりで瓦版売りが毎日辻々で大声を張り上げた。押し入ったあとには必ず八手の形をした黒い紙型が残されていた。しかしこれは何を意味するのかは強盗集団以外には知る由もなかった。日が経つにつれて天狗の仕業であると噂が噂を呼び市中で話題が沸騰した。いたずらをする子供に親は悪さをすると天狗が来るぞと言い含め、いたずらを戒めた。

波龍が小伝馬町から帰る途中、久しぶりにおでん屋の屋台に立ち寄った。その夜はちょうど日本橋で押し込み強盗のあった夜から数えて六日が経っていた。波龍は揉み治療に出張っていたのだろう。手拭いなどを入れた信玄袋を持っていた。

おでん屋は徳利とぐい呑み茶碗を波龍の前に置きながら口を開いた。

「波龍の旦那、これは何だか分かりますか」やや声を細めて拾った土鈴を懐から取り出し手渡した。

「これは土鈴だな」手触りで確かめてから「こんなものをどうしておやじさんが…」

「実は押し込み強盗のあった夜に…」おでん屋は拾った経緯を語った。

「訳と言うか曰くがありそうだな」

波龍は一言言うと、あとは瞑目するようにじっと土鈴を手の中で何かを探るようにくるくると回す仕草を繰り返すだけだ。

「旦那、どうなすった。なにか思い当たる節でも」

おでん屋の声に波龍は薄目を開け手の平の土鈴を付け台の上に置いた。ぐい呑みに残った酒をぐびっと飲み干した。何か思い当たる節でもあるのだろうか…。

「おやじさん、これを割ってみてもいいかな」波龍は了解を求めた。

おやじは波龍に「どうせ拾ったものだから旦那の好きなように」

波龍は土鈴を懐紙に包んで懐に入れた。

屋台の縄のれんを勢いよく上げて客が来た。

「おやじさん、いいかい」

暖簾を分けて威勢のいい声が飛び込んできた。大工と左官だ。道具箱と道具袋でそれと分かる。すでにどこかで一杯ひっかけてきたのだろう、上機嫌だ。

波龍とおでん屋の話はここで中断した。

「おや、波龍の旦那じゃ。もう仕事仕舞いで」大工の棟梁が声をかけた。

「棟梁もご機嫌のようで」

「棟上げでちょいとお神酒が入ったもんで」

棟梁が茶碗酒を一口入れおもむろに懐から祝儀袋をちらっと見せた。しかし波龍の目には見えなかった。

「道理でご機嫌だ」おやじが調子を合わせた。

「ところで波龍の旦那、この前は見事な腕前でしたね。見ていて俺なんぞは胸がすーとしましたぜ」

「俺も同じだよ。あれだけのならず者を杖一本でやっつけるなんざぁ大したもんだぜ」

左官も同調した。喋りながら一気に酒を呷ったものだからむせて酒を吐き出した。

「徳利は逃げやしないからゆっくり飲みなよ」おやじがひと言添えた。

「棟梁、その話はもう済んだことだから」

波龍は徳利を二人の前に出した。二人も慣れたもの、空になった茶碗を差し出した。その茶碗に酒を注ぎながら話を終わらせた。

「ごちになりやす」声を揃えてぐびっと飲み干した。

波龍は持った徳利を二人の前に置いた。「こりゃどうも」左官は波龍にぴょこんと頭を下げ受け取った徳利から酒を棟梁に注いだ。

「ところでこの前の押し込み強盗、まだ捕まっちゃぁいないらしいぞ、物騒な世の中になっちまったよなぁ」

「そういやぁどうも天狗の仕業らしいって専らの評判だぜ」

「波龍の旦那はどう思いやす？」

「うん…」波龍は生返事を返しぐい呑みに残った酒を胃に流し込んだ。酔える味ではなかった。土鈴のことを考えていたのだ。鈴の音が濁っていることは中に何か入っているのではないか。不審気が頭をもたげてきた。

「おやじ、俺たちが来たとき、土鈴がどうのとか言っていたが、土鈴とは珍しいじゃねぇか。どんな話なんだい」左官がおやじに問いかけた。

「うん、ちょっと訳ありの話でね」

「訳ありってどういうことだい」今度は棟梁がしつこく聞いてきた。

「訳が分かりゃぁ苦労はしないんだがね」波龍がおやじに代わって言葉をつないだ。

「おやじさん、じゃぁ預かっていくよ」波龍は懐を押さえた。

「あっしには不要のものでさぁ、どうぞどうぞ、捨てるなり壊すなりお好きなように」

波龍は二人に徳利を二本差し入れておでん屋を後にした。夜の帳の中で根付の鈴が時折澄んだ音を立てた。遠くで火の用心、夜回りの声が風に乗って聞こえてきた。

「波龍さーん、波龍さーん」

女の声が追っかけてきた。あの声は愛しい絹春の声だ。波龍は歩を緩めた。息を切らして絹春が追いついた。

「さっきから声を掛けているのに知らん振りしてさっさと行っちまうんだから、情なしの薄情者」

絹春は膨れっ面を作ったが声は膨れっ面とは裏腹に華やいでいた。その表情を波龍は見ることができない。しかし言葉のあやで絹春の情が分かる。

「ごめん、考え事をしていたもんで」

「誰か好きな女(ひと)のこと？」

絹春には波龍の気持ちは分かっていながらも聞いてみたかったのだ。言いながら波龍の手をそっと握った。しっとりとした手の湿りは愛しさと情がそのまま波龍の心の中に這入ってきた。

「そう、好きな女(ひと)のことを…」

波龍は一拍おいて「絹春さんのことを…」握られた手をやさしく心強く握り返した。そこにはきりっとした剣士の表情ではなく青春を謳歌する一介の青年の姿があった。

絹春は端正な波龍の横顔を見上げた。なぜだか涙がこぼれた。目が見えたらどんなに幸せだろうか、波龍の心情に自分の心情を重ねた。その時、絹春は陰からでもよい、この人の一生の杖になろうと決心した。

後ろから人が近づく気配がした。互いに繋いだ手をそっと離した。大店の手代だろうか、急いで追い越して行った。

「絹春さん、もう一つ別の考えごとをしていたんですよ。数日前に起きた押し込み強盗のこと、知っているでしょう。何か関係があるかしれないと、これを拾ったおでん屋のおやじさんから預かったんですよ」

　波龍は懐から土鈴を取り出して絹春に渡した。

「これ土鈴じゃないの、それにしちゃぁ大きい割には音が鈍いわね。それに何だか気味悪い感じがするわ」

　絹春は土鈴を自分の耳元で振ってみた。

「そうなんですよ。普通の土鈴じゃなさそうなんでちょっと気になって…」

「何か曰くがありそうね。やっぱり何だか気味が悪いわ」

　絹春は元通り懐紙に包んで波龍に返した。

「盗人らしい二人連れが落としていったらしいんで」

「それをどうするつもりなの？」

「うん、盗人の落とし物だとしたら、そいつらを捕まえる手掛かりになればと思って…」

「そんな余計なことをして大丈夫？　およしなさいよ。捕り物はお役人に任せておけばいいことよ」

絹春は波龍がこれ以上つまらんことを深追いして、とんでもない災難が降りかかってきそうな気がしてならなかった。本気で心配した。そしてその美形な顔をくもらせた。

「そろそろ家よ。ちょっと寄って一杯やっていかない？」

絹春はさっき聞いた盗人という話が気にかかった。酒で嫌な話を消したいと思って誘ったのだ。すでに二人の仲は他人ではなくなっていた。

絹春は波龍にそっと寄り添い波龍の空いている手を探り握った。

波龍の胸に小さな鼓動が起きた。あの夜以来、二度目の夜の訪問である。絹春の部屋は女独りの艶めいた匂いが漂っている。男の本能が鼓動した。

「お酒つけましょうね」絹春はいそいそと支度を始めた。

波龍は絹春と一緒にいることの嬉しさと、その反面で懐の土鈴のことが頭の中で渦巻いていた。

「何をぼんやりしているの？　さっきの土鈴のこと？」

箱火鉢に土瓶を移し徳利を入れた。

絹春は波龍の膝に片手を置き、空いた手で酒を注ぎながら顔を覗き込んだ。徳利を持つ手が触れた。絹春の身体がびくっと反応し全身を火照りが巡り始めた。絹春の反応を切るように波龍は何を思ったのか急に立ち上がった。

「ちょっと土間を借りますよ」その言葉に反応しかかった絹春の本能の情がぷつんと切れた。

「何をするの？」

「土鈴を割ってみようと思って」

「割ってどうするの？」

「どうも中に何か入っているような気がしてならないんで…」

波龍は土間に下りると雪駄で土鈴を強く踏みつけた。割れた土鈴を手で探った。割れた欠片に混じって中から懐紙のような小さな紙片が出た。

「おや、二寸足らずの紙っ切れが二枚は入ってるみたいよ」

手燭台を翳して様子を見ていた絹春が紙片を二枚拾い上げて波龍に渡した。

「道理で音が鈍いはずだ。何か書いてありますか？」

波龍は怪訝な顔で問いかけながら広げた紙片を絹春に渡した。

「二枚のうち一枚は白い紙だったけど何も書いてないわよ」

絹春は怖いものでも見るようにもう一枚の紙片を手燭台にかざしてみた。

「もう一枚の紙には判じ絵みたいなおかしな絵や文字が書いてあるけど…。わたしにはさっぱり分からないわ」

　波龍は薄い視力で受け取った紙片を行燈に翳してみるが、かすかに線らしきものや文字が見えるような気がするだけでそれを判別するだけの視力はない。指先でなぞってみるがまったく何も感じない。

「絹春さん、そこに書かれている絵や文字の上に飯粒を柔らかくしてなぞってもらえませんか」絹春は言われるままに飯粒をやわらかめに溶かし楊枝の先に付け絵や文字の上をなぞった。乾いた紙の上には文字が少し盛り上がっている。波龍がなぞってみると卍や達磨、三頭の牛、四、四、七、数の間に桜の花弁などが波龍の指に伝わってきた。

「どうやら強盗集団が押し入る日の手順らしいな」独り言のように呟き何度も何度も判じ絵の上を指でなぞった。

「何か手掛かりになりそう？」

「うん、狙いは廻船問屋の大店、達磨屋で間違いないと思う。卍は寺だろう。寺の近くの大店と言えば達磨屋しかないだろう。押し入るとすれば四月七日。時刻は丑三つ刻」

「どうして四月七日だと分かるの？」

「三の下に桜が入っているだろう。桜は三月から四月にかけて咲くだろう。時刻は牛が三頭で丑三つ刻。間違いないと思う」

「三月と四月に桜じゃぁ四月と決め付けられないでしょう」

「数字の四が二つあるでしょう。桜に四が二つということは四月を強調していることだと思う」

「じゃぁもう一枚の白紙はどんな意味があるの？」

「それが謎だなぁ、表にも裏にも何も書いてないですか？」

言われて絹春がもう一度、白い紙を行灯にかざしてみるが何も書かれていない。

「それが判じ絵なんでしょう？」

波龍は取りあえず一枚の絵解きを話した。

「波龍さんの絵解きが本当なら、えらいことよね。どうするの？」

いつもは浅草美人で名の通っている絹春の艶っぽい瓜実顔が心配気に柳眉をひそめた。行灯の明かりが気のせいか細くなった。絹春は気を取り直すように猪口を口元に運んだ。

「わたしが番屋へ持ち込んでも信用してくれないでしょう。明日は代稽古が休みだが、判じ絵の本当の意味を探るため星馬殿に見てもらい、本物に近かったら番所に掛け合ってもらいます」

翌日、波龍は一枚の紙と絹春に作ってもらった盛り上がった紙を持って星馬左衛門を訪ねた。刻限は八つ刻。ちょうど門弟たちの修練の終わったところだった。門弟たちは井戸端で道衣からむき出した上半身の汗を手拭いで拭っているところだった。見知ったる奥の間に通された波龍は土鈴を入手した経緯を話した。まず絵図について自分の推理を話した。「絵図の中の桜だけで四月と決め付けるのは如何なものか？」星馬左衛門は訝った。

波龍は星馬のひと言は尤もだと思った。

「仮に波沼殿の推理が当たっていたとしても盗賊一味は、その日に決行するでしょうか。土鈴がなくなっている以上、決行日を変えるか、決行しないのが常識でしょう」

星馬左衛門は当然のように言って退けた。

「当然でしょうね。しかし反対の考えもあります。御上に決行日が知られたとなれば中止するのが当然ですね。しかしその裏をかいて決行する手もあります。それは一か八かの大勝負です」

「土鈴を拾ったおでん屋へは何か変化があったのかな」

「小柄な男が一度だけ何か拾わなかったかと尋ねてきたらしいです」

「本気で探す気なら執拗に根掘り葉掘り聞きに来るでしょう」

「しかしわたしには確証はありませんが、絵図の日付に勘が傾くのです」

「と、するとこの白紙はどういう意味があるんでしょうか」

星馬左衛門は白紙を翳してみるがどう見ても普通の懐紙にしか思えない。

「ひょっとして炙り絵かもわかりません」

「炙り絵とは？」

「わたしもはっきりしたことは知りませんがなんでも何かの汁を搾って、その絞り汁で紙に絵や文字を書いて乾かすと、文字や絵が消えるそうです。それを火で炙ると文字や絵が現れるそうです」波龍は幼少のころ、私塾で聞いた記憶を思い出していた。

「決行日が分かるかもしれませんな」

「炙ってみますか」

星馬左衛門は門弟に燭台を持ってこさせた。

「じゃぁ炙りますよ」二人の顔に緊張が走った。

星馬左衛門が燭台の上に白紙を翳した。文字が現れはじめた。かすれてはいるが判読できる程度の書体が現れている。

「出た…」

星馬左衛門が弾かれたように大声を発した。波龍には見えないが、文字と絵が浮き出ていた。

浮き出たのは桜の花びらが四と七が抜けた一から十までの数字と文字で衣、上総、二本の棒の横に橋の絵、角が六本描かれている。

「四と七が抜けているのは四月七日、桜が四の前にあるから四月に間違いない。衣は呉服屋、上総はかずさ屋、二本棒は二本に橋の絵、六本の角は牛が三頭、つまり丑三つということになる」

そこには波龍が推理した月日が浮き出ていた。しかし屋号の違う大店が浮き出ている。

星馬左衛門は前の絵図は囮で、焙り絵が決行する大店と推理した。決行日は同じでも狙いは達磨屋ではなく焙り絵のある呉服屋の大店「かずさ屋」の屋号が炙り出たのだ。

「波沼殿、これは万一判じ絵を誰かに拾われてもただの白紙にしか見えないはずだ。つまり行動を知られても撹乱するためのものだろうとわたしは思う」

翌日、波龍は星馬左衛門と同道して自身番へ出向いた。

「ごめん」二人の声に茶を飲んでいた岡っ引が振り返った。入ってきた二人を異様な者を見るような目つきで上から下までじろじろと見回した。それもそのはずだ。歴とした侍と剃髪姿の按摩の取り合わせに怪訝を感じたのだろう。

「何か用でも?」やや小太りの岡っ引が湯呑茶碗を盆に戻しながら怪訝な顔つきで声を掛けた。

「いや大したことではないんだが、このところの押し込み強盗のことで、これを見てもらいたいと思って…」

星馬左衛門の声に二人の岡っ引が同時に腰を浮かせた。

星馬が差し出した紙片を受け取ると「どういうことで…」

小柄な岡っ引が細目で胡坐をかいた鼻を持つ顔を突き出した。

「実はこちらの方が土鈴の中から出てきた判じ絵の謎解きをされたところ、どうもこのところの押し込み強盗と関わりがありそうなので、知らせておこうと思って出張ってきたというわけで」

そこへちょうど居合わせた与力が顔を出した。

「今耳に挟んだのだが、押し込み強盗とか…」

波龍がおでん屋から預かった土鈴とその後の謎解きを話した。

「申し遅れました。わたしは定町回り与力の遠藤と申します」

「わたしは神田南黒門町で道場を開いておりますす星馬と申します。こちらは波沼龍之伸殿、今は仮の姿、揉み治療を生業としておられるが…」

「いや、わたしのことは」波龍は星馬の言葉を遮った。

「先ほどの押し込み強盗について詳しく聞かせてもらえませんか？」

遠藤は二人を小部屋に案内した。波龍は改めて判じ絵を広げ、順序を追って謎解きしながら押し入るだろうと思われる日時を推察した。岡っ引の一人が端の欠けた丸盆に茶碗を載せて持ってきた。ささくれ立った手で二人の前に置いて出て行った。

「見事な謎解きですな、波沼殿の推察ですと四月七日の丑三つ刻になりますが、星馬殿も同じと推察されますか？」

遠藤は二人の顔を交互に見ながら、真偽のほどを計りかねるような言葉で問いかけてきた。

「わたしは波沼殿の推察が正しいと存じます。これまでの剣の達人としての洞察力には感服しておりますので…」

「えっ、剣の達人と言われますと？」

遠藤はまさかという怪訝な面持ちで星馬に声を返した。そして波龍の剃髪した顔を直視した。しかしどう見ても剣の達人というには程遠い風貌に戸惑いすら感じている様子だ。

「実は波沼殿は当道場の師範代として門弟たちを指導してもらっております。流派は自ら編み出された「杖法一倒流」です。剣を使わず敵を倒すという神業に近い杖法です」

「じょうほう（杖法）と言われますと、初めて聞く剣法ですが？」

「じょうは杖です。剣に代えて杖で相手を倒すという先手一倒です。相当の手練者でも波沼殿の上段一倒流は受けられますまい。波沼殿の編み出された流法は閃きの天才とでも申しましょうか」

星馬は波龍に代わって上段一倒の技法とその凄さを話した。

「するとあなたが今、江戸市中で評判の杖一本でならず者を片付ける波龍というお方ですか」遠藤も波龍の評判を耳にしていたのだ。

改めて波沼龍之伸の顔を見た。そこには武士の風格があった。そして納得した遠藤の表情があった。

「さきほど四月七日丑三つ刻と言われたが七日と言えば一ヶ月後ではありませんか、とにかくお奉行に報告し、対策を立てねばなりませんので、わたしはこれから奉行所に戻ります」遠藤は礼を述べ座を立った。

「あっ、お待ちを」星馬が声を掛けた。

「何か？」遠藤が怪訝な面持ちで振り返った。

「今お渡しした判じ絵の謎解きについて波沼殿とわたしは間違いないものと信じております。当日その時刻に捕縛に向かわれると存じます。その時刻に同道させてはもらえませんか。決して邪魔立てをするようなことはいたしませんので」

星馬は唐突な発言をした。

波龍も星馬の発言に驚いて顔を向けた。

「なぜに同道を望まれるのか、理由をお聞かせください」

「理由というほどのことはありませんが判じ絵と出会ったのも何かの縁と存じ、この目で捕縛を確かめ、謎解きの正しかったことを土鈴を託してくれたおでん屋にも知らせてやろうと思って。押し込み強盗が捕縛されれば第一の功労者はおでん屋ですから……」

「失礼だが波沼殿は目がご不自由のようですが…」

遠藤は波龍に目を向け、次いで星馬に顔を戻した。

「目は不自由されているが剣にかけては健常者以上の勘を持っておられるし、僅かでも光を受けられるので決して捕縛の邪魔立てはいたしません」

「相分かりました。貴殿の頼み、奉行所へ戻り御奉行と相談の上、返事は近日中に道場へ知らせましょう」

遠藤は星馬との会話で二人の剣にかける情熱と力量を見抜いたのか、御奉行との掛け合いを約束した。そして二人は自身番を後にした。

「星馬殿はどうしてあんな頼みごとをされたのですか？」

波龍は疑問をぶつけた。

「まぁ、そこの居酒屋で一杯飲みながら話しましょう」

二人は酒と記した赤提灯が風に揺れる居酒屋に入った。暮六つ過ぎだというのに客はまばらである。星馬は熱燗を注文した。ほどなくして女中がめざしを添えて持ってきた。

「先ほどの話だがあの謎解きが正しければ間違いなくかずさ屋が狙われると睨んだ。この目で強盗の捕まるところを確かめておきたかったもんで…」

波龍は星馬の言葉に拍子抜けした。他に何か重要なことがあるのかと思っていたからだ。

「万一、同行が許されたら波沼殿はどうされるかな」

「そうなればわたしも星馬殿と同じ考えをもっておりますので同行したいですね」

二人が居酒屋を後にしたのは一刻を過ぎていた。波龍は冷たい夜風を受けながら棟割長屋へ急いだ。時折根付の鈴が鳴った。鳴るたびになぜか絹春が無性に恋しく逢いたかった。

五日ほど経った昼過ぎ、岡っ引が道場を訪ねてきた。迷惑をかけないという念書を差し出せば許可するとの書状が届けられたのだ。

そして波龍の解いた四月七日丑三つ刻がきた。星馬と波龍はかずさ屋の屋敷の中にある茶寮に身を潜めて成り行きを見守ることにした。予告した丑三つ刻は刻々と迫ってくる。奉行所は与力遠藤を筆頭に捕り方三十人をかずさ屋の内と外、夜陰に乗じて近くの辻々に配置し強盗の現れるのを待った。

波龍が判じ絵から謎解きをした時刻がきた。果たして謎解きは当たっているだろうか？

その時、天から物が落ちる音がした。遠藤や捕り方が一斉に目を向けた。屋根から黒い集団が屋敷の中に降り立ったのだ。その時、強盗団の一人が瓦の上に散っていた木の葉に足を取られて滑り落下したのだ。同時に「御用、御用」の怒声が方々で起きた。不意をつかれた強盗団は匕首を抜いて刃向かう構えを見せた。

「おとなしく縛に就け、刃向かうやつは斬る」

遠藤の怒声と同時に「ドカーン」と爆発音が立った。あたり一面に白煙が立ち込めた。強盗団の一人が投げた焔硝玉が炸裂した。捕り方が一斉に身を引いた。

波龍も星馬も一瞬何が起きたのか茶寮の中で身を伏せた。

「表へ」星馬は大声で波龍を促して飛び出した。同時に逃げ惑う強盗の一人と鉢合わせした。星馬は太刀の鞘で相手の膝を払った。賊はその場に顔面から倒れこんだ。追われてきた仲間の一人がそれを助けようと割り込んできた。動きを察知した波龍が上段右から左斜め袈裟懸けに杖を振り下ろした。賊の一人はよほど厳しい修練を重ねているだろう。声を発することもなく仲間を庇うようにその上に倒れこんだ。

何かを感じた星馬が倒れこんだ男の右手首を鞘の先で思いっきり払った。小さな紙包みが飛んだ。落ちた紙包みを雪駄の先で踏み潰した。すぐさま倒れこんだ男を跳ね除け下の男を起こそうとしたが、すでに口から夥しい血を噴いて事切れていた。

星馬が踏み潰した紙包みには毒薬が入っていた。先の男は捕まる前に毒薬を素早く口に入れたのだ。盗賊の掟は厳しい。生命を絶って同志としての掟を守ったのだろう。「馬鹿なやつだ」星馬は吐きすてるようにひと言投げたが、哀れな死に方をした仏に向かって瞑目し片手で拝んだ。

辺りは賊が投げた焔硝玉の白煙と火薬の匂いが立ちこめ鼻をつく。

「おーい、誰かおらぬか」星馬が捕り方に向かって大声を放った。遠藤と三人の捕り方が駆けつけてきた。

「これは…」遠藤が倒れこんでいる盗賊二人を見て驚愕の表情を見せた。遠藤と捕り方は二人の強さが本物であることを目の当たりにした。星馬と波龍が抜刀することもなく倒したのだ。

星馬はこれまでの状況を手短に説明した。

「一人は毒薬を呷って自害した。此奴は波沼殿の袈裟懸けでこの通りです。命は大丈夫のようです。ではわたしたちはこれで」星馬は言うだけのことを言って遠藤に一礼して波龍を促してその場を離れた。茶寮を出て一町を歩く頃、東の空が白み始めていた。ここまで来ると町の空気は何事もなかったようにいつもの朝を迎えようとしている。二人は申し合わせたように大きな伸びをして冷気を含んだ空気を吸い込んだ。朝の空気が二人の肺の中を爽やかにした。

「とんだ捕り物になりましたな、よもやこちらが助太刀をする羽目になろうとは予想外でしたな。それにしても波沼殿の推察は大したものですな、恐れ入りました」

星馬は波龍に歩を合わせながら語りかけた。時折、根付の鈴が鳴る。しかし波龍はすっきりしないものを感じていた。誰に義理立てしたのか知らないが盗人の掟なんて虚しいものだ。己の享楽のために善良な町人を殺め金品を強奪するだけの裏街道者が、太く短い人生を送る虚しい生き方に哀れみを感じていたのだ。

杖が石を叩いたのか鈴が大きく鳴った。その音は自害した盗人を供養するかのようにも聞こえた。波龍の脳裏に自害した盗人の両親の影を見たような気がした。

朝の早い棒手振りの豆腐売りやしじみ売りが声を上げて通り過ぎた。

「龍之伸殿、なんぞ考え事でも」

ややもすると孤立した歩き方になる波龍に声を掛けた。夜はすっかり明け東の空が薄紅色から群青色に変わっていた。波龍の目にも僅かに薄明かりが入ってきた。

「何が掟だか知りませんが哀れな死に方ですね。お天道様に顔向けできぬまま、あの世に行くなんてかわいそうな身の上ですね。ましてや親兄妹のある者もいたでしょうに、馬鹿としか言いようがありません。わたしには到底考えられません」

波龍は先ほどの修羅場を勘で脳裏に回想しながら胸の内を吐露した。それでも気を取り直すように、

「星馬殿、早明けの飯屋で清めをやりませんか」

「おぉ、それはいい案ですな、ちょうど腹も空いた頃だし」

二人の会話の脇をどこかの寺院へ開帳の朝参りに出掛けるのか、商家の主人や長屋

のおかみさんらの様ざまな足音が二人を追い越していく。

　飯屋の年代を感じさせる黒ずんだ縄暖簾が、昇り始めた朝日を受けてきらきらと反射した。二人は縄暖簾を分けて飯屋に入った。

「おやじ、酒を」

　飯屋には遠出をして帰ってきたのか駕籠舁き人夫六人が賑やかに酒盛りをしている。それなりの心付けを弾んでもらったのだろう。しきりに乗せた客人を持ち上げている。

「こちらとはだいぶ違いますな」

　星馬はちらっと人夫に目をやりながら苦笑交じりに呟いた。波龍も人夫らの話から、その機嫌のよさが分かる。駕籠舁き人夫たちはかなり酔っているのか唄い始めた。

「お侍さん一杯どうですか？」

　一人の人夫がよろよろした足取りで徳利の注ぎ口をつまんでぶらぶらさせながら寄ってきた。かなり酩酊しているのか付け台に酒をこぼした。人夫は慌てて首から手ぬぐいをはずして付け台を拭こうとした。

「構わぬ」星馬は懐紙を取り出し付け台にこぼれた酒を拭った。

「とんだ粗相をしてしまって…」人夫は酔いから醒めたように付け台に額をこすり付けて顔を上げようとしない。

「気にするな、過ちは誰にでもある。さぁ、顔を上げて一杯どうだ」

星馬は自分の猪口を差し出した。この仕草に当の人夫はもとより五人の人夫が驚いた。それは当然だ。侍と町人、それぞれの立場があるからだ。ましてや猪口までくれるとは…。

質の悪い侍や浪人なら「そこに直れ、無礼討ちにする」太刀を抜いて威嚇するがいまは状況が真逆だ。

「いいから一杯どうだ」星馬は再度すすめた。

「そこのお人、いいから受けなせぃ。せっかくこうして星馬先生がすすめてくださるんだから」

波龍も星馬の誰に対しても分け隔てしない気持ちに常日頃から感銘を受けている一人だ。波龍の言葉に人夫は身を竦めたまま両手で猪口を押し戴くように受けた。

「皆もどうだ。こちらの付け台でやらんか」

星馬は仲間も呼んだ。驚いたのは五人の仲間だ。そして一つの付け台に侍と駕籠舁きの奇妙な集団ができた。入ってくる客が一様にこの奇異な光景に好奇心を露にした。中には羨ましそうな顔つきで付け台のあたりをうろうろする者もいる。よしんば仲間に入れてもらおうという魂胆だ。駕籠舁きと和気あいあいの刻も半刻も過ぎただろうか。

「波沼殿、そろそろ行きますか」星馬が波龍を促した。

「先生、もう少しよろしいんじゃぁありませんか」

酒をこぼした人夫が徳利をぶらぶらさせて注ごうした。

「まだ所用があるので気持ちだけありがたく頂戴しましょう」

星馬は相手が気分を損じないように柔らかい口調で断った。

「用事がお有りじゃぁ無理にお勧めするわけにはいきません、それにしても嬉しいねぇ。あっしらみたいな者にも丁寧な言葉を掛けてもらえ、その上付け台で一緒に飲めるなんて、なぁ熊、こんなことは一生に一度あるかないかだぜ。嬉しいじゃねぇか」

呂律が怪しくなってきた口調でそれでも嬉しそうに付け台に戻っていった。

「おい源公、この前のお侍とは大違いだぞ。俺はなにもしねぇのに、顔を見たって言いがかりをつけられてよ、こっぴどく怒鳴られてよ。俺はいまのお侍さんが大好きになったぜ。留もそう思うだろ」

「あたぼうよ」留も同調した。

徳利をぶらぶら振りながら気持ちよさそうに仲間に酒を注いだ。よほど星馬の対応が嬉しかったのだろう。星馬は駕籠舁き人夫の勘定も払って店を出た。

波龍も人夫たちの話を聞きながらほっと気持ちが和んだ。

数日して押し込み強盗捕縛が瓦版売りによって江戸市中に広まった。天狗の仕業とみられた八っ手の置き絵は、人間の仕業ではなく天狗のせいにして捜査を撹乱しようとした強盗団が考え出した浅知恵だった。

しかし捕縛に貢献した波沼龍之伸、星馬左衛門、そして最も貢献したおでん屋の名は誰にも知られることはなかった。

春一番が吹いて江戸にも本格的な春が来た。陽気に誘われるように大川端の桜も上野のお山の桜も飛鳥山の桜も、そして江戸中の桜の蕾が膨らみ始めた。往来を行き交う人の表情にもなにかしら春を感じさせた。浅草仲見世にも冬から春への浮きうきした風情が戻ってきた。

八　花見の事件

波龍と絹春の仲も相変わらず仲睦まじく秘めやかに続いていた。時折偶然を装って茶屋や居酒屋で逢瀬を楽しんでいた。

「波龍さん、陽気もよくなってきたようだし、近いうちに上野のお山にでもお花見に出かけてみましょうよ」

今夜も居酒屋で逢って帰る道すがら絹春が桜見物に誘った。

「誘っていただけるのは嬉しいんですが、この身体じゃぁ絹春さんに迷惑をかけることになりますから…」

波龍は暗に目の不自由さを理由に断りの意思を伝えた。

「そんなことはないわよ、ちゃんとわたし案内するから、春風に吹かれるのもいいものよ。ねぇ、出かけましょうよ」

絹春は波龍の片手を取って甘えた声で一緒に行くことをせがんだ。

「星馬の先生もお誘いしてもいいのよ。先生のお相手には妹芸者の豊音ちゃんを誘うから、四人なら賑やかになっていいでしょう。だから行きましょうよ」

絹春はなおも握ったままの片手を強く振った。そこには春の一日、お天道様の下で波龍と一緒に過ごしたいとの想いから何としてでも誘い出したいのだ。波龍としても絹春とひと刻でも一緒にいたいのは山々である。しかし健常者でない波龍は気持ちの中で行くべきか断るべきか葛藤した。その時、根付の鈴が鳴った。同時に胸中の葛藤が解けた。

「じゃぁ手足まといになることを許してもらい、行くことにします」

「そうこなくっちゃぁ、嬉しい」

絹春は意中の波龍と行けることに言葉を弾ませた。繋ぐ二人の手にしっとりと愛の温もりが通った。そして空には春特有の朧月が地べたに柳の影を映していた。荷車を引く馬が大きな息を吐きながらがらがらと二人の側を通り過ぎた。

「じゃぁ、星馬の先生に話して都合を聞いておいてくださいね。わたしは豊音ちゃんに話しておきますから」

波龍の脳裏に幼い頃、母に連れて行かれた桜見物の光景が鮮明に蘇ってきた。ふいに母に会いたいと思った。江戸に出てから一度も帰郷していない。時折書状が届くが体調が悪く視力の弱いときは、長屋に住む手相見の玄斉さんに読んでもらうことにしている。

母も齢六十を過ぎている。年老いた母の姿が心の鏡に映った。望郷の想いが脳裏を占拠した。いずれ一度は帰郷しなければならないだろう。その時期は桜の季節が一番だろうとも考えた。その時は絹春も一緒だろうと漠然とした思いが脳裏を走った。絹春に自分の育った環境を見せたいとも思った。

「何か考えごとでもしているの?」絹春が顔を覗き込んで問いかけた。

「幼い頃に母と行った桜見物の風景を思い出していたんですよ」

絹春は波龍の杖の根付の鈴を聞くたびに目の不自由なことが不憫でならなかった。しかし考えれば考えるほど詮無いことでもあった。絹春はなんとしてでもこの人の目を治してあげたいと、この時強く思った。思ってはっとした。今まで思っていなかったことだ。

「この人」一番身近な言葉が何の躊躇もなく気持ちの中に浮かんできたのだ。必ず治してあげる。否、必ず治してみせる。この時、絹春は心に誓った。決心して以来、朝に夕に浅草寺に密かにお参りして回復を祈願している。また、お座敷では贔屓筋に眼科の名医や妙薬の紹介を頼んだ。

客の中には按摩風情に浅草一の人気芸者がなぜそれほどまでに肩入れするのか、不思議がる客も少なくなかった。絹春は波龍の存在を遠い縁者と公言して二人の仲に一線を引いた言い方をしていた。

誘ったあの日から数日が経った。上野のお山は桜が満開となった。朝から花見客で大層な賑わいである。花見客を当て込んだ大道芸人、飴売り、酒売り、おでん屋や茶店が声を限りに客を呼ぶ。

「さすが将軍様のお膝元だべ、えれぇ人出でござんすな。懐中物には気をつけるべぇ」

「おらの田舎じゃぁ、こげな賑わいは見たことなかんべさ。あそこの茶店で茶でも飲むべぇか」

二人連れの男が辺りをきょろきょろと見回し、賑わいに圧倒されながら人の流れにつられて歩いている。肩に掛けた振り分け荷物が小さく揺れている。出羽辺りからの物見遊山に来たのだろう。話す言葉に訛りがどっぷりと入り込んでいる。二人の周りを往来する老若男女は田舎者にとっては輝いて見える。

どの桜の下でも花見の酒盛りが始まっている。三味線と小太鼓の調子に合わせて手振り身振り酔いにまかせて踊る適当さが座を盛り上げている。二人はその様子を右に左にキョロキョロと目が忙しく回るだけだ。

「おらたちの村じゃぁ、こげん賑わいはなかんべさ、お江戸は派手だべなぁ」

「うんだ、おらたちもお江戸の花見を味わうべか。あの茶店に入るべ」「そうすべぇ」連れが相槌を打った。

その直後だった。「ちょっとごめんよ」男が急ぎ足で正面からぶつかるような格好でお上りさんの側を通り過ぎようとした。とっさのことでお上りさんは転びそうになりながらも体勢を戻した。

「何すんだ」お上りさんが大きな声を出した。そのお上りさんの懐から太い紐が伸びている。その先に結んである巾着が男の手に握られていた。この光景を見た精悍な面構えの若い男が「掏摸だ」叫ぶなり巾着を持っている男の手首を捉まえ捻り上げた。

「掏摸だ」誰かがまた叫んだ。

物見高い野次馬があっという間に二人と掏摸を取り囲んだ。

「お前さんたち気をつけなせぇよ。此奴は俺が番屋へ連れて行くから、お前さんたちも一緒に来てくだせぇ。念のため宿の名前だけ教えておくんなせぇ」

「へぃ門前町のさいころ屋に宿を取っておりますら、ほんにありがとうごぜいやす」

「おい、お前、二人の巾着を盗もうってどういう了見だい、お前みたいな屑がいるから江戸は生き馬の目を抜くって悪い評判が立つんだ。大伝馬町の牢にでも放り込んでもらって反省しろい」

精悍な若者が引っ立てて行った。その後に二人が続いた。物見遊山客はとんだ経験をしたものだ。

「何かあったんですか？」

波龍は先ほどの騒ぎを絹春に質した。

「もう捕まっちゃったけど掏摸を若いお兄さんが捕まえたのよ」

野次馬は波が引くように散っていった。辺りは元の花見の宴に戻っていた。

「波龍さん、そろそろお弁当にしましょうか」

「星馬殿は？」

「二間ほど後ろを豊音ちゃんと楽しそうに桜を愛でてるわよ。まるであの二人、父娘みたいよ」

「星馬殿も毎日門弟たちの稽古でお忙しいから今日くらいはのんびりされても…」

波龍は労いの言葉を口にした。

「じゃぁ、あの茶店の座敷を借りましょうか」絹春は後ろを振り返って豊音を手招きした。

「なぁに」豊音は駆けてきた。

「そろそろお弁当にしようと思って」

「絹春姐さん、とっても楽しそうね。まるで恋人同士みたいよ。波龍兄さんも好い男ね」

豊音は羨ましそうな眼差しで交互に二人の顔を見ながら声をかけた。春の柔らかな風に吹かれて桜の花弁が豊音の目の前にひらひらと舞い散っていった。豊音はその花弁を器用に摑み無言で絹春に渡した。

「なぁにこれ？」受け取った花弁(はなびら)を手のひらに乗せ吹こうとした。

「だめ」豊音が大きな声で続けた。

「絹春姐さんと波龍さんの縁結びの花弁よ」

　豊音は意味あり気な顔つきで片目をつぶってみせた。

　波龍は豊音と絹春の会話は聞こえるものの二人の仕草を見ることはできない。網膜に想像の世界を描くことしかできなかった。しかし会話から自分たちのことを喜んでいてくれることだけは理解でき嬉しかった。

　相変わらず桜の下では無礼講に近い花見の宴が繰り広げられている。その時だった。

「おい退け、退け」

　傍若無人な怒鳴り声が近づいてきた。通行人はさっと道を空ける。波龍たちも触らぬ神に祟りなしの諺どおり茶店に入ろうとした。その時、「おい、そこの女、酌の相手をせい」

　高飛車な言い方で一人の二本差しが絹春の手首を摑もうとした。見れば浪人風の男三人が徳利片手にふらつく足で四人の前に立ちはだかった。

　一人が星馬左衛門を見てぎょっと表情を強張らせた。酔いの一番浅い浪人だ。絹春の手首を摑もうとした浪人の肩を押さえ止めろという仕草を見せた。しかし肩を押さえた浪人の手を振り払ってなおも執拗に絹春の手を引っ張ろうとした。あまりのしつこさに絹春の堪忍袋の緒が切れた。

「あたしゃぁそんじょそこらの酌婦じゃないんだよ。酌をしろだと百両積まれたってお断りだね。どうせその懐には五両はおろか一両だって入っちゃいないだろうに」

絹春の持ち前の気性が口から飛び出した。

星馬は腕組みしたまま成り行きを見守っていた。その全身から不埒者を粛清する気概がめらめらと陽炎のように立ちのぼっている。先ほどの浪人がしきりに星馬の表情と、絹春が仲間の浪人とやり取りする様子を気後れした顔で見ている。おそらく星馬の腕は自分らの戦える相手ではないと悟ったのだろう。

「こっちの按摩はお前の連れか」

ぞんざいな言い方で波龍に顎をしゃくった。浪人の態度に絹春の怒りに火がついた。

「お侍か浪人か知らないが大口を叩くのはそれだけかい、お前さんたちみたいな碌でなしは少し懲らしめたほうがよさそうだね」

この啖呵に星馬も波龍も豊音も驚いた。さらに驚いたのが何事かと集まりはじめた花見客だ。それに輪をかけたのが言い掛かりをつけてきた浪人三人だ。驚きの表情を露にして、やるのかと気色ばんだ。

「何だと、本気でほざいているのか」

どうやらこの浪人が一番酔っているようだ。後になって泣きを見るのも知らないのだ。

「二本差しが怖くてこんなことが言えるかぇ、さぁ来やがれ」

絹春も怒りが頂点に達した。言葉に怒りの感情が強く表れている。

「豊音ちゃん、これを頼むわね」花見弁当の包みを渡した。

「懲らしめると言ってくれたな、さぁやってもらおうじゃねぇか、女だからって容赦しねぇから覚悟しろ」

「その言い草そっくり返させてもらうよ」

三人の内、二人が肩を怒らせて人ごみを蹴散らすように通りの中へ出て行った。一人は浮かない顔で後に続いた。

「絹春さん、わたしが相手をしましょう」

波龍が申し出た。

「いいわよ、こんな三下奴みたいなならず者は、わたし一人で十分よ。どうせその二本差しも錆び付いて抜けないいんじゃないのかぇ？」

絹春の挑発的な喋りに一人が鯉口を切るなり抜刀した。何事かと集まりかけていた野次馬が「喧嘩だ！」と大声で叫んだ。これを合図に大きな人垣ができた。

「おい、相手は女じゃねぇか」「おーい、誰か十手持ちを呼んで来い」野次馬の声が方々で飛んだ。

相手が抜刀すると同時に絹春の手には絹で編んだ組紐が握られていた。組紐の先端には直径五分ほどの朱色をした珊瑚の珠が付いている。

星馬は今まで見たこともない絹春の気迫に勝ちを感じた。しかし女のこと、どこで思わぬ不覚を取らないとも限らない、いつでも助太刀できる位置を確保していた。

浪人が無言のまま太刀を突き出してきた。絹春を女と見て甘く見たのか、突き出した太刀の刃先をくるくるっと回し絹春をおちょくるような仕草を見せた。刹那、絹春の右手からあたかも独楽を引くような仕草が見えた。組紐がしゅっと鳴って直線を描きながら伸び、あたかも紐に生命が宿ったかのように太刀を持つ浪人の右手首にくるっと巻きついた。同時に組紐を手前で捻るように斜めに引いた。ぐちゃっと異音が小さく聞こえた。太刀が地面に落ちた。浪人は「ぐえっ」と異声を発して右肩から崩れるように片膝をついて倒れ込んだ。顔は苦渋に歪んでいる。その口から荒い息遣いと呻き声が漏れている。あっという間の出来事に残る二人の浪人は何が起きたのか呆然と立ち尽くすしかなかった。

その時、組紐はすでに絹春の手元に戻っていた。

倒れ込んだ浪人の右手首は無残にも垂れ下がったまま、見る間に腫れ上がっていった。

この光景に野次馬も一瞬、何が起きたのか自分たちの目を疑った。まさか華奢な女が太刀と対等に渡り合えるとは誰一人として思ってもいなかった。それだけに今、目の当たりにしたのは女が見事に勝った光景だ。

野次馬がわーっと一斉に拍手を送った。

倒れた浪人は右手首を左手で庇いながら呻いている。

「よくも…」言い様残りの二人が抜刀して切り込んできた。そのとき、星馬の鞘が逸速く二人の手首を瞬時に叩き上げた。

「やめろ、貴様らが太刀打ちできる相手ではない。それともそんなに斬り合いがしたいなら拙者が相手を仕ろうか」

星馬が二人の前に一歩出た。二人は後ずさりした。星馬の気迫に押されたのかその場に立ち竦んだ。

星馬はあとの二人が絹春と立ち会っても、先の浪人と同じ目に遭うことは武術家として絹春の技量を見て十分に分かっていた。これ以上、怪我人を出したところで何の利益にもならない。まして相手も侍崩れとは言え、面子もあるだろう。そこまで考えてのことだった。

桜の花弁がしきりに舞いながら落ちてくる。

「豊音ちゃん、あそこの茶店に行ってお箸を二十本ばかり貰ってきて」

絹春は茶店へ豊音を走らせた。

「お兄さん、ちょぃと借りるよ」

絹春は野次馬が頭に巻いていた手拭いをさっと引き抜いた。三十代のこの男は職人風で右手には箸、左手に猪口を持っている。手拭いを抜かれたのに何を思ったのか「へぃ、どうぞ」と猪口を差し出した。目撃した野次馬がくすくすと失笑した。

星馬も野次馬も絹春がこれから何をしようとしているのか、興味津々の面持ちで成り行きを見守っている。誰一人としてその場を立ち去ろうとしない。

遠くから三味線の音が風に乗って聞こえてくる。この騒ぎを知らない花見客もいるのだろう。桜の花は今を盛りと満開だ。

豊音が急ぎ足で戻ってきた。箸を受け取った絹春は先ほどから呻いている浪人の側へ行った。「ちょっと痛いけど我慢しなよ。こうなったのもお前さんの勝手な言い草からだよ。自業自得っていうもんだよね」普段の絹春に戻って声を掛けていた。

絹春の行動が分からない野次馬はここでまたひと波乱あるのではと騒ついた。星馬は状況をその都度、波龍に説明した。

「豊音ちゃん、ちょっと手伝って、手拭いを裂いてこの人の手首に、お箸を添え木代わりに当ててるから、裂いた手拭いで縛ってちょうだい。あんまりきつくしちゃぁだめよ。大の男が痛がるとみっともないから」

そうは言っても痛いものは痛い。苦渋の表情の浪人の手首に応急処置をした。

「さぁ、そこのお二人さん、骨接ぎへ連れて行きな、ふた月もすれば治るはずよ」

絹春は三人に啖呵にも似た歯切れのいい言葉を投げた。

「今のは新しい柔術か？　すげぇもんだ。おいら初めて見たぜ」

「珍しい柔術みてぇだ。南蛮からでも来たんじゃねぇのか、どっかの見世物小屋に出てる曲芸師じゃゃないのか」

「あんな小さな身体であれだけの術を使うなんざぁ、只者じゃないぜ。ひょっとして女忍者なのかもしれねぇぜ」「そうだよな、それにしても小股の切れ上がった好い女だなぁ、そんじょそこらの女子とは大違いだぜ」

「あんな美人の酌で飲んだら舞い上がっちまうぜ、連れが羨ましいや」

野次馬は勝手に想像を膨らませて散って行った。

二人の浪人は手負いの浪人を両脇から抱えるように、花見客の中を打ち拉がれた哀れな格好でお山を下りて行った。追い討ちをかけるように桜の花弁が後ろ姿に散り続けた。

「とんだ花見になっちゃったわねぇ」

絹春は申し訳なさそうに眉をくもらせそっと波龍を見た。

「絹春姐さんってすごく強いのね」

豊音は羨望の眼差しで絹春の顔を見て、

「先生もそう思うでしょう？　波龍さん、絹春姐さんは凄かったのよ。帯紐一本で刀を持った侍をやっつけたのよ。わたし胸がすぅーっとしちゃった」

豊音は興奮のあまり波龍の手を取って左右に振った。その都度、根付の鈴が鳴った。

「遅くなっちゃったけどお弁当にしましょうね」

絹春は何事もなかったように言葉遣いから形まで普段の好い女に戻っていた。

「今の騒動ですっかり腹も空いたし、あの茶店で」星馬が指差した。赤い提灯が軒先で春風に揺れている。辺りは花見の風景に戻っていた。

「波龍さん、ごめんなさいね。せっかくお誘いしたのにとんだことで花見を台無しにしちゃって」

絹春は本心から謝った。

「いやぁ、絹春さんの凄さを星馬殿が逐一教えてくれて驚きました。一段落したところで花見には酒が付き物ですね。星馬殿、どうです一献」

波龍も絹春の活躍を聞き気持ちが晴れ晴れとした。

「そうしましょうよ。女将さん、お酒」

豊音が波龍の話尻を取って注文した。絹春の肩先に付いていた桜の花弁が風に吹かれてひらりと波龍の杯に浮かんだ。

「波龍さんの杯に絹春姐さんに付いていた桜の花弁が入っちゃったわよ」

豊音が明るい声で状況を説明した。

「よっぽど波沼殿と絹春さんは縁があるんだなぁ。羨ましい限りだねぇ」

星馬左衛門は本音とも冗談ともつかぬ言い方をした。ついでに盃を口に運んだ。

「星馬先生、わたしがいるじゃないの。羨ましがっちゃだめ。それでもわたしじゃぁ駄目なの。わたしにも花弁こないかなぁ」

豊音が本音とも取れる言い方をした。

波龍は会話を聞いて素直に嬉しさを感じた。酒を一気に呷った。口の中で花弁が上顎にくっついたが酒の勢いで胃に流れた。空になった盃を見た豊音が…「あら、絹春姐さんを一緒に飲んじゃった」すっとんきょうな声を出した。

「それはだな、豊音ちゃん、大人の世界のことを教えてあげよう。つまり波沼殿が絹春さんに心を許している証拠だよ。多分、絹春さんも同じだろうと、わたしは睨んだが図星だろう」

本心を衝かれた絹春の顔に薄紅が散った。あながち酒だけのせいではない。

「絹春姐さん、そうだったの？　道理で波龍さんのこと話すときはいつも浮き浮きしていたのね。だって波龍さんは歌舞伎役者みたいに好い男だもんね。姐さんがいなきゃ、わたしだって惚れちゃうもん」

「これこれ」星馬が豊音の言動を笑顔で制した。

剣士としての星馬左衛門の厳しい表情とは裏腹に、今日ばかりは普通のおじさんの顔になっている。絹春は豊音たちの遣り取りを聞きながら、波龍が星馬たちの表情が見られないと思うと心が痛く切なかった。星馬は盃を置きながら真顔に戻って絹春に質した。

「先ほどの術は鎖鎌の流儀を取り入れたものと見たが、どこで修行されたかな？」

「修行と言うほどのことはしておりません。わたしが小さい頃、諏訪湖のほとりでよく水切りをして遊んでいました。そのとき、教わったんです」

絹春が語るところによると…。

絹春は本名を春、生家は諏訪の在で有数の地主であり庄屋であった。雪が解け春が来ると、いつものように近所の子供らと諏訪湖のほとりで水切りをして遊んでいた。これは平べったい小石を水面に向かって水平に投げる。その光景はまるで小石が跳ねるように水面に当たってはまた跳ね上がり、同じことを繰り返して遠くへ飛んでいく。競い合って一番遠くに飛ばした子供が勝ちとなる。

春は身体は小さいものの、どういうわけか水切りではいつも一番を取っていた。諏訪にも季節は春から夏へ移った。向日葵が夏の太陽を受けて黄色をより際立たせていた。ある日の午下がり、村では見かけない着流し姿の侍がふらりと現れた。村の旅籠に三ヶ月ほど逗留した。侍はいつも神社や寺を廻り、時折諏訪湖のほとりで子供たちの水切りを興味深げに見ていた。中でも春の投げ方に注目していた。数日して侍は春に声を掛けた。

分銅の付いた一本の組紐を春に渡した。投げる要領を教えた。川柳の枝を目掛けて投げさせた。紐は直線に伸び枝に見事に巻きついた。

侍は他の子供にも教えたが中々上手くいかない。春だけが突出した上手さを続けていった。春以外の子供たちは紐投げを諦めたのか、一人去り二人去りしてとうとう春一人だけになった。春の腕はめきめき上達していった。投げる格好も様になってきた。

上達すると面白さが追っかけてくる。水切り遊びは止め、それこそ何かに憑かれたように暇さえあれば所かまわず紐を投げまくった。その投げ技はずば抜けており近在でも評判になった。

暑かった夏も過ぎ、秋風にすすきの穂がそよぐ午下がり、葉の落ちた桑の木を相手に春は一心不乱に紐投げに興じていた。いや、興じるというよりも修練に近かった。

秋の風が本格的に吹き始める頃、侍は旅に出るとひと言残して村から去って行った。侍が旅籠の主人に語ったところによると、諸国を廻り鎖鎌の術を教えていると言っていたと言う。今日も春が組紐投げに興じていると「おーい、牛が逃げたぞぉー」大声を上げながら数人の男たちが追っかけてくる。振り返ってみると牡牛が春を目掛けて突っかかってくる。飼い主や若者が追っかけるが中々捕まえることができない。牡牛は春の赤い着物柄に興奮したのか、物凄い勢いで突っ込んできた。

春は侍が村を去るとき、これから先何かあれば使えとくれた分銅付きの組紐を取り出した。牛が八尺ほどの近くまで来たとき、牛の角を目掛けて組紐を投げた。見事に角に絡まった。その瞬間握ったほうの紐を桑の木に巻きつけた。

牛は一瞬勢いを失った。追いついた飼い主が牛の鼻輪を摑んでやっと捕まえることができた。春の紐投げの術に飼い主も追っかけてきた若者も啞然とした表情で春を見つめた。春は一躍村の人気者になった。持ち前の明るさと笑顔が噂と一緒になってあっという間に近郊近在に伝わった。春が十一歳の秋であった。村の若者たちが組紐投げを習いたいと集まってきた。しかし教えることもなく春は江戸に出た。

絹春はあらましを語り終えると一気に盃を空けた。

「そういうことだったのですか、してそのお侍の名は？」

「分かりません。聞くこともしなかったんです。わたしも小さかったからでしょうね」

それでも楽しかった昔を懐かしむように宙に目を向けた。

「じゃぁ、今でも修行をされて？」

「ええ、夜中に大川端の桜や柳の木を相手にして、本当は今日みたいな使い方はしたくないんですのよ」

絹春は言い終えて顔を曇らせた。

「絹春さん、気にすることはないですよ。今日は向こうが勝手に仕掛けてきたことで、むしろこちらは防御ですよ。星馬殿もそう思われるでしょう？」

波龍は絹春を気遣って言葉を挟んだ。

「そうよ、波龍さんの言うとおりよ」

豊音が波龍に酌をしながら絹春の肩をもった。波龍も豊音の言うとおりだと思った。

「ところで絹春さん、紐投げの術は何という流儀ですか?」

「流儀というほどの大袈裟なものではありませんが、わたしは絹返しと勝手に名付けているんですの」

「じゃぁ、わたしなら豊返しってことになるわね。ほほほ…」

豊音は紐を投げる仕草をしながらいっぱしのことを口にして笑いを誘った。

四人が茶店に入ってからかれこれ二刻が過ぎた。話に弾みがつき気がついてみれば太陽は西に傾きかけている。波龍の目はすでに日が暮れていた。

道端のぼんぼり提灯に灯が入り始めた。夜の花見の始まりである。中空にかかる朧月が桜の花弁を幻想の世界へ誘うようにほんのりと映し出している。

九　両国花火大会で

長梅雨が明けた途端に真夏の太陽が草木を焼き尽くすようにジリジリと照り付ける。暑さに輪を掛けるように蟬の鳴き声が酷暑を弾けさせる。

この天気なら今夜は見事な花火が見られるぜ。去年は十日も雨が降り続いて取りやめになっちまったから、今年はなんとしても見たいもんさ。昼の弁当を開きながら大工と左官の会話が普請場から聞こえてくる。じゃあ今日は早仕舞いで両国へ繰り出すか。花火で一杯も乙なもんだぜ。大工と左官の二人は腰を上げ仕事に掛かった。

老若男女を問わず江戸っ子は年に一度の大川の花火を楽しみにしているのだ。今日の天気は江戸っ子の期待を裏切らなかった。大川の両岸から両国橋の上は花火見物の客で鈴生りの人出だ。

満天には星が見事な天の川をつくっている。時折雲に遮られ月が顔を隠すが星明かりが晴天を物語っている。夜空に向け、どどんぱーんと花火が打ち上がるたびに地鳴りに似た歓声が上がる。

波龍は花火の綺麗さを見ることはできないが、絹春に夕涼みならと付き合ってきた。僅かに残る視力の中に微かに赤みが散るのは分かる。あとは見物客の歓声の凄さで花火の規模を推し計るしかない。

「凄い人出のようですね」

「そうよ、両岸も橋の上も人ばかりよ」

大川には数多くの猪牙舟や屋形船が浮かび、芸者を交えて大店の主人たちが杯を片手に夜空の花火に酔いしれている。一方、猪牙舟（ちょきぶね）には年に一度の散財とばかりに町内の年寄りや中年夫婦が乗り込んで花火を楽しんでいる。

また花火が上がった。どっと歓声が津波のように二人を包んだ。川風が歓声の中を吹き抜けた。今夜ばかりは根付の鈴の音も人出の騒つきでかき消されてしまう。次々と花火が上がる。その都度歓声が上がり見物客の頭が上下する。まるで米搗きばったの集団に出会ったような光景だ。今度は連発で上がった。川面に花火が映ってすーっと消えていく。

儚いわねぇ…、絹春が夜空に散った花火のあとを目で追ってぽつり呟いた。

「何か言ったの?」波龍が問い返した。

「花火ってパッと咲いてあっという間に消えちゃうでしょう。まるで人の世の生き様に似てるみたいで…何か儚いわねぇ」

「そんなもんでしょうか…」

「わたしのことかもしれないわねぇ」

花火の華やかさとは裏腹に絹春は沈んだ声で言葉を返した。

「そんなことはありませんよ、絹春さんのことはあっしがしっかりとついていますから」

波龍は自分に責任を感じながら言葉を返した。

「波龍さん、ありがとう。わたし本当に嬉しい…」

絹春はこのときは芸者絹春ではなく一人の女としての春に戻っていた。

「綺麗ねぇ…」

絹春の声は元の明るい声に戻っていた。その声の響きに波龍もほっとした。

花火見物客の歓声の間隙を縫うように突然「掏摸だ！　掏摸だ！」怒声に似た声が飛んできた。花火に見とれていた見物客が一斉に声の方に顔を向けた。着物の裾を端折った男が息を切らして駆けてくる。

定町廻り同心と岡っ引が花火会場を見回っているときだ。花火を見るでもなく辺りをきょろきょろと物色する仕草の遊び人風の男を見つけた。あの挙動、掏摸に間違いなさそうだ。同心は長年の勘で確信した。辺りの見物客は雁首を揃えて空を見上げている。そんな中、同心と岡っ引は二手に分かれ、男の後をつかず離れず挙動を見張っていた。

男が動いた。すーっと裕福そうな中年男の後ろに回った。しばらく後ろをつけていた。突然脇道に逸れた。同心が五間ほど離れて後をつける。男は歩を早めて次の辻を曲がって先ほどの道に出た。今度は逆行をはじめた。花火見物で込み合う雑踏の中、男は先ほどの中年男と対面する形ですれ違った。同心は男の一瞬の動きを見逃さなかった。男の右手人差し指と中指の間に財布がしっかりと挟まっていた。男は相手に気づかれること無く財布を掏摸取っていた。

同心の予感は見事に的中した。「待て…」

同心は低いが重みのある声を掏摸に飛ばした。男は振り向き様、同心の十手を目にするやすれ違う通行人を突き飛ばして逃げ出した。同心は雑踏の中を泳ぐように掏摸を追っかけた。もう一人の岡っ引は財布を掏られた男を自身番へ同道していった。

同心と掏摸のようすを見ていた絹春が「わたしが合図したら杖を出して」波龍に声を掛けた。

波龍の耳に駆けてくる足音が響いてきた。神経を足音に集中した。

「いまよ、出して」

合図を受けてさりげなく杖を出した。杖に躓いた掏摸はその場にもんどり打って倒れ込んだ。その拍子に掏り取った財布が三つも懐から飛び出した。騒ぎに気づき始めた野次馬が花火見物は二の次とばかりに集まり始めた。

同心が三つの財布を拾い上げたところへ自身番から別の岡っ引が駆けつけてきた。

同心は波龍に対して、

「助勢ありがとうござった。礼を申し上げます」

「此奴はいま市中を騒がせている掏摸の仲間かも分からねぇから、十分に吟味してもらわねば…」

岡っ引が波龍に声を掛けた。

「あんたお手柄だねぇ。奉行所からたいそうな褒美が貰えるよ」

お節介をやきそうな中年男がしゃしゃり出て波龍に声を掛けた。

「隣の別嬪さんはあんたの嫁さんかぇ」余計なことまで聞いてくる野次馬もいる。

「近々、奉行所から知らせがあるので其方の住まいを」同心は懐紙と矢立を取り出した。

「いや別に、わたしの杖がちょっと出ただけです。先ほどのあなた様の礼の言葉で十分でございます。お気になさらずとも…」

波龍は固辞した。

「あんたえらいねぇ。こういうお人のことを謙遜って言うんだ。分かったら拍手の一つでもしたらどうだ」

さっきのお節介やきが野次馬をぐるっと見回し、今度は声を大にして口を出した。

釣られるように一斉に拍手が起きた。

拍手を合図に野次馬は元の花火見物に戻って行った。掏摸騒動の間にも花火は上がり続け江戸の夜空を彩った。

「そろそろ引き上げましょうか」絹春は波龍に気を遣って声を掛けた。

「久しぶりに景気のいい音を聞いてなんだか元気が倍増した気がしました。誘ってもらってありがとうございました」波龍は本心で言葉を返した。

「それならわたしも嬉しいわ」

絹春は波龍の端正な横顔を見ながら言葉を繋いだ。

「絹春さん、どこかで一服して何か美味しいものでも食べて帰りましょうか」

「波龍さんとならいっそう美味しいわ。うれしい」

絹春は波龍への愛しい想いを言葉の中で表した。

両国橋を渡った通りの両側は茶屋、居酒屋、飯屋、うなぎ屋、団子屋が並び店子が声高に客を呼び込んでいる。通りは花火見物の客でぞろぞろと大層な人通りである。もう片側にはすし屋の屋台やおでん屋、みやげ物屋がずらりと並んでいる。客は懐具合で茶屋に上がるか、居酒屋にするか、はたまた屋台のおでん屋にするのかそれぞれが思案している。

波龍と絹春は茶屋に入った。花火見物で浮かれた客が酒の勢いもあってか普段とは違った賑やかさである。二階に上がってきた二人を見た客たちはおやっという顔つきで振り返る。際立った美人と剃髪した美男子が相連れ立って座についた。しかし波龍は元武家の出だ。全身に品格が漂っている。先客たちは不思議なものを見るような眼差しで二人をちらちらと覗き見する。なかでも男客の目は絹春の色香に圧倒されて羨望の眼差しに変わっている。女客は連れの目が絹春の美貌に集中するものだから嫉妬心がありありと表情に出ている。

二人は茶屋自慢の鯉料理を頼んだが年に一度の花火大会だ。客が立て込んで料理の出るのが遅い。四半刻ほど時が経ったころ階下が急に騒がしくなった。客同士の喧嘩だろうか、その時階下から女子の悲鳴が上がった。その声は若く泣き声にも似ている。

「何事かしら」絹春が顔を曇らせて小声を掛けた。

「酒の入った上での喧嘩でしょう」

「若い娘さんの悲鳴でしたよ。それにしてもお料理まだかしら。まだ掛かるようだったら出ましょうよ」

二人が腰を上げようとした時、階段を乱暴に上がってくる足音がした。障子を乱暴に開け入ってきたのは、かなり酒が入っていると思われる浪人で足を縺れさせている。浪人の側に顔を引きつらせた若い娘が手首を摑まれたまま突っ立っている。

「この中にこの娘の連れはいるか、何奴だ」

浪人は目をぎょろつかせ鬼の形相で座敷の客をぐるっと見回し怒鳴った。娘は浪人が怒鳴る度に恐怖で身体がびくついている。浪人は店の前を通りかかった娘に酌をさせようと無理やり連れ込んだ。娘は浪人から逃れるため、咄嗟に連れが二階で待っていると言ったのだ。これが経緯だ。

客のほとんどが町人だ。助けてやりたくても相手は二本差しだ。下手に返答をしようものなら返り討ちになるか、さもなければ何をされるか分からない。目を合わさないように猪口を口に運んでいる。

「何事ですか？」

波龍は小声で状況を聞いた。絹春は見たままを伝えた。

「おらぬか、おらぬならわしが連れて行く。娘、下で酌をせぇ」

浪人は勝ち誇ったように不敵な笑みを浮かべて下りようとした。

「その娘さんはわたしの連れだよ。おさよちゃん、こっちだよ」

絹春は手を挙げて娘を呼んだ。客の目が一斉に絹春を射した。

「おさよちゃん、早くおいでよ」

「お前が連れだと、それじゃぁお前も一緒にきて酌をせぇ」

浪人は娘の連れが男ではないと分かるといっそう高飛車に出てきた。浪人はおさよの手を離そうとはしない。おさよは半べそをかいたまま手を摑まれているものだから為す術がない。

「ちょっと待ってて…」

波龍に声を掛け絹春が座を立った。客の目がまた絹春に集中した。

「その手を放してやってよ。この娘はお酒の相手なんかできないんですよ」

「じゃぁ、お前が相手をするか」

「わたしにもあそこに連れがいますし、この娘子とここで待ち合わせをしているので。どっちにしてもお酒の相手は無理です。ごめんなさいね」

絹春はあくまでも下手に出た。

「ならこの娘に相手をさせる」浪人は頑としてあとに退こうとはせず自我を通そうとする。

絹春はこれ以上押し問答をしても埒があかないと判断した。絹春は浪人が放そうとしない左手首を捻った。

「いたっ」と同時に浪人は娘の手を放した。

「早くあっちへ」波龍のいる座へ行かせた。

万座の中で女に手首を捻られ恥をかかされた浪人は、鬼の形相で絹春に摑みかかろうとしたが、ひょいと身を躱され二、三歩よろめいて客に覆いかぶさるように前のめりに倒れ込んだ。その拍子に付け台の煮物が顔にへばりついた。客は大声で笑えないものだから、互いに顔を見合わせくすくすと含み笑いをする。浪人は客の前で手を捻り上げられ笑われたものだから怒りが頂点に達した。

「表へ出ろ」と息巻いた。

「怖かっただろう。もう心配ないわよ。あの浪人の手前、わたしの知り合いのおさよちゃんになっときなさいね」

娘は顔を引きつらせたままこっくりと頷いた。絹春は娘に優しい言葉を掛けた。浪人は顔についた煮物を着流しの袖で拭うと「早く表へ出ろ」といらつきを露に怒鳴りまくった。

「言われなくったってもう帰るところだからすぐ出るわよ」

絹春はきつい言葉で言い返した。波龍、絹春、娘の三人が座を立った。客の中の何人かが同じように座を立った。多分に興味を持っているのだろう。決着を見届けようという魂胆らしい。野次馬根性が丸見えだ。

茶代を済ませ出ると浪人が性懲りも無く足をふらつかせながら立っている。通行人は疫病神を避けるように浪人から数歩離れて通る。

「決着をつけようじゃねぇか。きっちりとさっきの落とし前をつけてもらうぜ」

まるでやくざ者の言い草である。この言い草に通行人が振り返って通り過ぎるが足を止める者は一人もいない。

「落とし前だとか決着だとか、こっちは皆素人ばかりですよ。おさよちゃんもわたしと会えたんだし、これで一件落着よ。もう決着はついたわよ。おさよちゃん、これでいいわよね」

仮の名前のおさよもこっくりと頷いた。

「さぁ、行きましょう」絹春の言葉に三人は浪人とは反対の方向に踵を返した。

「待て待て、恥をかかせておいて素人だと、聞いたようなことをほざくな。きっちり勝負をしろ」

「恥をかかせただと、そっちが難癖をつけてきて勝手に恥をかいたんでしょう。都合のいいことを言うもんじゃありませんよ。さぁ行きましょう」

絹春はおさよの手を引っ張って歩き出した。

浪人はこの勝負、何が何でも自分に分があるものと思い込んでいる。浪人はふらつきながら追ってきた。

「これだけの人出の中で勝負なんてとんでもないことですよ」

中途半端な酔っ払いに刀を振り回されたら怪我人が出るのは間違いない。それだけは避けなければならないと、絹春も波龍も同じ思いである。

「どうしても意地を張られるなら、わたしが相手をしましょう。ただし今夜は花火見物で人出も多い。日を改めて神田南黒門町の星馬道場で一手合わせていただきましょう」

波龍が初めて口を開いた。絹春とおさよが顔を見合わせた。おさよは目の不自由な方が乱暴者の浪人と戦えるのだろうか、不思議なものを見るような不安の混じった眼差しで波龍の顔を再度見直した。

「按摩風情が手合わせだと、ふざけるな。謝るなら今のうちだ。某かの落とし前を置けば許してやろう。どうする」

相変わらず高飛車な言い草だ。言い草を遮るように花火が威勢のよい音を立て続けに夜空を彩った。時々、通行人が四人の異様な雰囲気に気づいて横目で見ながら通り過ぎていく。

「早く行きましょう」二人に声を掛け行きかけた絹春の肩に浪人が手を掛けようとしたときだ、波龍の勘が動いた。正に肩に手がかかる寸前、杖が浪人の左手首を撥ね上げた。

江戸の名工鍛冶鉄が精魂込めて鍛え上げた鋼の杖が見事に浪人の手首を打ったのだ。浪人は「あっ」とも「うっ」とも区別のつかない小さい唸り声を残して片膝ついてへたり込んだ。往き来する通行人の何人かは波龍の早業を目撃していた。おさよもその瞬間を目撃「あっ」と立ち竦んだ。浪人は片膝ついたまま太刀の柄に手をかけようとした。

絹春が動きを察した。帯の間から扇子を抜くや柄にかけた手を思いっきり叩いた。絹返しで鍛えた腕力は並の女の数倍は強い。

「お侍さん、いまは浪人のようですが本を正せば歴としたお侍でしょう。侍でも色々あるわねぇ。あんたがこの人の名前を聞いたら腰を抜かすどころじゃないわよ」

浪人は絹春の腕力に気勢を殺がれ目は宙を泳ぎ始めている。

「念のために教えてあげるわ。いま江戸で評判の星馬道場の師範代、波沼龍之伸さんよ。一杖必殺の術で敵なしと言われている方よ」

絹春の声を聞いた浪人はもちろん、野次馬の何人かがこの人があの有名な方かという顔つきで、波龍を見直した。中には指さして仲間に説明している瓦版売り紛いの野次馬もいる。

花火が次々に威勢良く打ち上がる。

「どうしてもやりたいならお手合わせしてみる。冥土の土産にならいいかもね。さぁ抜くの、どうするの、やるのやらないの、はっきりしなさいよ」

絹春は諭す口調で言葉を投げた。

「波龍さん、手合わせしたいそうだからどうする。おさよちゃんも嫌な思いをしたんだからその分も合わせてお返しをしてあげたら…」

「あっしは殺生は嫌いですから…」

「お侍さん、いや浪人さん、あんたに勝ち目はないから、この娘さんに謝んなさい。それでもどうしてもやりたいんなら潔く手合わせをして決着をつけたら…」

絹春もこれまでの浪人の横暴な態度を腹に据えかねていたものだから、おさよの分まで合わせて一気に強い言葉を投げつけた。

浪人は片膝をついたまま身体は強ばってきている。浪人はこの時、星馬道場と波沼龍之伸の名前が重なり、数々の武勇伝を耳にしているものだから、自分は敗者に回ったことをはっきりと悟ったのだろう、今度は身体が小さく震えはじめた。

「絹春さん、もうよしましょうよ。そこの浪人さんも今夜は腹の虫の居所が悪かったのでしょう。おさよちゃん、勘弁してやってもらえないかな」

「わたしはどうでも…」

その時おさよは浪人がお父っぁんの歳と同じくらいに見えた。父と重ね合わせていた。お父っぁんは実直な百姓だ。見ず知らずの他人にこんな無体なことができる人ではないことを思いながら、片膝をついている浪人になぜか哀れさを感じた。小さな胸が痛んだ。

「うちのお父っつぁんと同じ年恰好みたい。もう勘弁してあげて…」

おさよの声は気のせいか哀し気を含んで細っていた。

「浪人さん、この娘がこんなことを言うにはよほど親が恋しいのよ。浪人さんを見て田舎を思い出したのよ。この娘の健気さ分かりますか。もう二度と無体なことをしないで…」

すっかり酔いの醒めた浪人は目を伏せて「すまなかった」細い声で頭を下げた。

「浪人さん、あっしも元は侍の倅。あなたもこれから先、まだ仕官の道があるやもしれない。多少の苦労はあっても人生を諦めないでおくんなさい」

波龍は職人口調で最後は励ましに変わっていた。

「かたじけない、このとおりでござる」浪人はもう一度深々と頭を下げた。波龍の言葉で一件落着した。

この時まるで和解の合図のようにどーんと夜空に見事な大輪の華が咲いた。

この夜最後の花火だ。見物客の歓声が今夜一番の大きさだった。

「わぁ、きれい」おさよは明るい声で手を叩いた。おさよの声を背で聞いた浪人は振り返って一礼して去って行った。その背には花火の華やかさとは裏腹に寂しさが張り付いているように見えた。

絹春は浪人の去って行く様を細かく波龍に聞かせた。その様子は波龍の心眼にはっきりと映っていた。

さっきの大輪を咲かせた花火はその夜の打ち止めだった。見物客はぞろぞろと帰り始めた。

「そうそう、どさくさに紛れておさよちゃんの本当の名前を聞いていなかったわね。わたしは絹春、浅草で芸者をしているの。こちらは波沼龍之伸さん、剣術は滅法強いのよ。でもね、悪いことをする人にだけよ。それとね、剣術の先生もしているのよ。波沼龍之伸さんのことを親しい人たちは波龍さんと呼んでいるのよ」

絹春はそれとなく波龍のことを伝えた。

「わたし波龍さんのことを知ってるの」「えっ」絹春は小さな驚きの声を発した。

「いま評判の悪者を杖一本でやっつける人でしょう。お店で話してるの、お会いできるなんてお店で自慢してもいいですか」

「それでおさよちゃんの名は」絹春が急かせた。

「ごめんなさい。わたし、おふじです。本当にありがとうございました。お二人に助けてもらえなかったらと思うと…」表情を曇らせた。

「もういいわよ。こうして無事なんだから。おふじちゃん一人で花火を見に来たの」

「いいえ、わたしはお店のお千代ちゃんと来たの…」

「そのお千代ちゃんは？」

「もし逸れた時は、半刻探して会えなかったら別々に帰ろうって約束していたの」

「結局会えなかったのね。お店ってどこなの」

「田原町の木綿問屋の大糸屋に奉公に上がっています。今日は花火見物に行ってきなさいって旦那様がお店の奉公人みんなにお小遣いをくださったの、お千代ちゃんと美味しいものを食べようと楽しみに来たんです。でも逸れちゃって…」また半べそになった。

　おふじは残念そうに絹春と波龍に目を戻して表情を曇らせた。

「そうだったの。じゃぁどこかで美味しいものを食べましょうね」

　三人は大勢の通行人に押されるように両国橋を渡った。

「波龍さん、あそこにうなぎの美味しいお店があるけど寄ってみない。おふじちゃん、うなぎでいい？」

「うなぎなんて年に一度しか食べられないんです。高いんじゃないんですか？」

おふじは勘定のことを心配していた。

「今夜はこんなかわいいおふじちゃんと知り合えたんだから、わたしがご馳走するわよ」

「わぁ、嬉しい」おふじは率直に嬉しさを明るい声で表現した。その仕草に何故か絹春はおふじに可愛さを感じた。

「帰りはお店まで送って行って理由も旦那様に話してあげるから心配しないで」

波龍は二人の話を聞きながら自分まで気持ちが温まることに気づいた。意味もなく嬉しかった。やはり絹春さんはやさしい気持ちをもっている方だと改めて想いが胸にしみた。

うなぎの絵と文字を入れた白提灯が夜風に吹かれて少し揺れた。うなぎを焼く香ばしい匂いが三人の鼻先を掠めた。「ぐーっ」と誰かの腹が鳴った。「あっ、ごめん。腹の虫がうなぎの匂いで催促しちゃったんだ」波龍が自分のせいにした。本当はおふじの腹の虫だった。三人の顔に小さな笑みが生まれた。

「波龍さん、こっちよ」絹春は波龍の手をとって暖簾を分けた。なぜか絹春の胸が高鳴った。わたしは波龍さんを愛している。こんな小さなことでも心に充実感を実感していた。

店は花火見物帰りの客で立て込んでいる。

仲居が三人を隅の小部屋へ案内した。店の中は店先で焼くうなぎの香ばしい匂いが強い。また「ぐーっ」と誰かの腹の虫が鳴った。匂いがしきりに腹の虫を誘ってくるのだ。

「ごめんなさい」かわいい顔を両手で被った。おふじだった。おふじは照れを隠すように絹春に顔を向けた。その顔は純真無垢そのままだ。可愛さと愛しさが絹春の胸を衝いた。

「芸者さんてきれい、わたし浮世絵でしか見たことなかったの。本当の芸者さんを見たのは初めてなの、本当にきれい」

おふじは羨望の眼差しで絹春を見つめ、ふっと小さな息をついた。小さな息の後でさっきの半べそは消えていた。面と向かってみるとおふじもなかなかの器量好しである。波龍はただ黙って二人の話を優しい気持ちで聞いていた。

波龍も絹春もさっきの騒動で鯉料理を食べ損ね空腹感を覚えていた。うなぎの膳が運ばれてきた。おふじが目を丸くするほどの美味しい膳であったことは言うまでもない。絹春は可愛いおふじのために奮発したのだ。

おふじが奉公に上がっている木綿問屋大糸屋の主人夫婦は、仏の夫婦と近所でも評判でお店に奉公に上がりたいと言う子女たちが後を絶たない。

大糸屋の主人は奉公人を寺子屋に通わせ読み書きを習わせるほどの教育者でもある。おふじもお千代もしっかりと読み書きを覚えた。半刻も話しただろうか「遅くなるとお店で心配されるだろうから、そろそろ帰りましょうか」絹春が声を掛けた。

「じゃぁ、おふじちゃん帰り道が一緒だから送っていくね」

大糸屋はうなぎ屋を出てから半刻もかからなかった。おふじが店に入ってまもなく五十絡みの品のよい主人を伴って戻ってきた。主人はおふじからあらかたの事情を聞いていたのか二人を座敷へ通した。

絹春は波龍を引き合わせ、おふじとの出会いから今までの経緯を話した。

「そういう事情でしたか。店子といえば子も同然、よくぞお助けくださいました。厚く御礼を申し上げます」主人は畳に手をついて深々と頭を下げた。

経緯の中で波龍の行動を知った主人は「お名前はよく存じ上げております。あなた様でしたか、おふじもよいお方にめぐり合ったもので幸せ者です。後日改めてお礼に参ります」

主人は再び二人に頭を下げた。

「これを絹春さん、波沼さんに」

おふじが張子のべこを差し出した。一つを絹春に、もう一つを波龍に手渡した。故郷を発つときにおっ母さんが持たせてくれた物である。

「そんな大事な物を貰うわけにはいかないわ。ねぇ、波龍さん」

「いいの、べこに会いたくなったら、絹春さんの家か波龍さんの家に行くもの。いいでしょう」おふじは可愛い顔を二人に向けた。

「それはいいわよ。わたしにもおふじちゃんのような可愛い妹ができたんだもの」

「じゃぁ、わたしも妹にしてください」いつの間に来たのか両国の花火大会で逸れたお千代も妹にしてほしいとせがんだ。いいわよ、一度に二人も妹ができるんだもの。わたしも嬉しいわ。絹春は二人の手をしっかりと包み込んだ。

絹春とおふじ、お千代の様子を見ていた主人が「おふじの気持ちです。貰ってやってください」主人もおふじの気持ちを代弁した。

「じゃぁ、こうしましょうよ。わたしと波龍さんが有難くいただく代わりに、わたしと波龍さんのほんとうの妹になるのよ。いつでも会いに来るのよ。約束できる？」

二人は絹春の言葉に主人も驚くほどの大声で「嬉しい」を連発した。

おふじとお千代の二人が並んでいるとお千代もおふじに劣らず器量好しである。先ほどお茶を持ってきた内儀も、主人の側でにこにこしながらおふじとお千代の嬉しそうな顔を交互に見ている。その様子はまるでわが娘を見る優しい眼差しである。主人は話の中で二人とも当家から立派な花嫁にして出してやりたいと語っていた。おふじ十五歳、お千代十六歳の花火の夜のことである。この夜を境に絹春と波龍の家でおふじ、お千代の姿が度々見られるようになった。

十　たかり断じて許さぬ

その花火から十ヶ月が過ぎた。

月不見月（つきみずづき）（五月）暮れ六つ刻、浅草界隈は昼間と同じ賑わいのままに物見遊山の人でごたついている。日輪は西に傾きはじめ土産物店や飲食店の軒が連なり、往来する参詣人や通行人の上にも影を落とし始めた。影を背負った通りの両側の店々から客を呼び込む威勢のいい声が飛び交っている。日暮れとは思えない賑わいである。往き交う通行人の言葉も様々である。べらんめぇ調から国訛りまで、まるで諸国漫遊双六遊びのようでもある。

波龍は浅草寺に一礼して材木町を過ぎ、駒形町まで来たところで「波龍の旦那ちょっと…」横合いから声が掛かった。馴染みの居酒屋のおやじの声だ。

「ちょっと店の中に入ってもらえませんか、波龍さんに相談にのってはもらえないかと思って…まぁ掛けておくんなさい」

やや言いにくそうな口籠った言い方をした。

「えっ、あっしに相談、ことによっちゃぁ…乗りもしますが相談の訳を」

「実はここ二、三日、質の悪い男どもが出入りするようになって、客に言い掛かりをつけては酒なんぞたかるんでほとほと困っているんでさぁ」

おやじは顔を曇らせて語りはじめた。

「この前なんぞは女連れの客に酌をしろとしつこく言うもんであっしが注意したんでさぁ、逆に俺たち客に文句を言うのかと居直る始末でどうにもこうにも、手に負えない連中で…」

「連中ということは一人じゃないのかな…」

「ええ、三人から時には五人なんで、最初の日は三人でしたが昨夜は酔った奴もまぜて五人ほど連んで、どやどやと入ってきたもんで…」

「此奴どもは浅草の仁義を知らない奴らだなぁ。多分に地の者じゃなさそうだな」

「訛りからすると、どうも上州の方から流れてきたようで、それにしても礼儀ってものを知らねぇ奴らで」

「風体は浪人それとも遊び人風？」

「五人の内、一人だけ大小二本の刀を差してました。見た目は着流しの浪人風であとの四人は博打打ちを生業としてるような、ならず者かごろつきでしょう、風体から見て」

おやじは吐き捨てるように語気を強めた。

「昨夜なんぞは銚子一本で、あとは客に話しかけて酒をねだるもんだから、客もあいつらにびびってどうぞどうぞとすすめておいて勘定を払って、そそくさと帰るような始末で」

「酒をねだるだけですか？」

「昨夜はもう一つ騒動がありましたんで、二人連れの客の一人が厠（かわや）へ行った帰りに浪人が自分の刀に触れたと言い出して、お前は武士の魂を冒瀆したと言い掛かりをつけてきたんでさぁ。表へ出て直れ、打ち首だと騒ぎ出したんですよ。客はびびって厠へ行ってきたばかりなのに、ぶるぶる震えながら小便をちびってしまったんでさぁ」

「浪人らのやることは芝居臭いなぁ」

「そうなんです。浪人が身体を捻ってわざと鞘の先を当てたんですよ。金目当ての猿芝居ってことはとっくに分かっていましたが相手があんな連中ですから、あっしもどうしようもありませんでした」

おやじは悔しさと情けなさそうな複雑な表情であとを続けた。

「連れの男が震えている男から巾着を出させ自分の巾着も合わせて、これでご勘弁をと土下座して許しを乞うたわけですよ。浪人は巾着を取るなり二度と無礼をするなとか何とか言って、おやじ、こいつらのつけで酒だと言ってその後も遣りたい放題でしたよ」

「あまりにも酷いな」

「常連客もそそくさと帰っちゃうし、こんなんじゃぁ店も上がったりですよ」

おやじは情けなさそうに客のいない店を見回してため息をついた。

「今夜はあっしも仕事終いにしてここで様子を窺いましょう」話を聞いて波龍の胸に奴らに対する怒りが込みあげてきた。

「ありがとうございます。波龍さんに居てもらうと鬼に金棒、助かりますよ」

波龍のひと言でおやじの顔の表情が緩んだ。

「ところで奴らが現れるのはいつも何刻くらいかな」

「昨夜は五つ過ぎでした」

波龍は懐紙と矢立を取り出し行灯に顔をくっつけるようにして一筆認めた。

「おやじさん、これを元黒門町の星馬道場まで届けてもらえませんか」

「おーい、千吉ひとっ走り元黒門町の星馬先生に届けてくれ。道中気をつけな」

「あいよ」千吉は着物の裾を端折って走り出した。

波龍は二本差しが少し気になった。どれほどの技量か分からないが、ごろつきと連んでたかりをやるようじゃぁたいしたことはないと思うが、星馬殿に其奴を見てもらえば手の打ちようもあろうかと思案した。

近隣の飲み屋はそれなりに賑わっているというのに、この店には客は一人も来ない。多分に連日のごろつきからの嫌がらせが災いしているのだろう。

「そろそろ暮れ五つだ。奴らは今夜は来るだろうか。それにしても客が来ないねぇ」波龍は茶をすすりながら同情の声を掛けた。店の前はいつもと変わらぬ賑やかな往来風景である。

おやじは客の居ないさみしい店中を見回し「波龍さん、一本つけようかねぇ」

「いや、連中が来るかどうかもう少し待ってみましょうよ」波龍は五人のごろつきが来た場合を想定して色々と思案を巡らせていた。

「入ってもよろしいやろか」暖簾を分けて三人の男が顔を覗かせた。

おやじはほっとした表情で「どうぞ、どうぞ」声に明るさが少々戻っている。

「おおきに」「おおきに」口を揃えて上方弁を連発した。

三人は入るなり店の中を見回し怪訝な表情で顔を見合わせた。

飲む様子のない波龍とおやじの二人だけに何か変な雰囲気を感じているようだ。

「お客さんは上方から？」

おやじは付け台に猪口と徳利を置きながら問いかけた。

「へぇ、昨日お江戸見物に来ましてん。今日は上野から回って浅草で芝居を見て浅草寺はんへお参りしましてん。お江戸はほんまに賑やかでおまんなぁ」

三人の中で年嵩の男が答えた。

壁に貼ってある短冊の品書きを見回した一人が迷ったのか「おやっさん、江戸のうまいもん見繕うて出しておくんなはれ」客の注文を受けて…。

おやじは、「これは精がつきまっせ、江戸見物でお疲れでしょう」うなぎの蒲焼と肝焼を付け台に置いた。おやじは波龍に頭をちょこっと下げ付場に戻った。

「あんさん、一杯どうでっか」

江戸の話でも聞こうというのか。別の男が波龍に酒をすすめた。

「あっしは下口で、これが性に合いますんで」

波龍は湯飲み茶碗を持ち上げた。三人は酒が入るにつれて饒舌になってきた。そんな最中に千吉が星馬左衛門と一緒に戻ってきた。

「待たせて申し訳ない。あらましは龍之伸殿の書簡で相分かった。おやじ困っているようだな、まぁ、わたしが出るまでもなく龍之伸殿の一振りで片付くとは思うが、わたしは見届人を引き受けよう。おやじ、茶を一杯」道中、急いで来たのだろう。息が少しあがっている。

星馬左衛門は茶をうまそうにすすって辺りを見回した。

上方の男たちが星馬左衛門の話が耳に入ったのか、辺りを見回し急にそわそわしだした。

「お客さん、ゆっくり飲んで江戸の夜を楽しまれ。ここでは騒ぎは起こさせないので安心なされ」

星馬左衛門は男たちの様子を察して声を掛けた。

「おやじさん、いいかぇ」

暖簾を分けて常連の駕籠舁きの安三と相方の梅吉が顔を覗かせた。

「おや、星馬先生と波龍さん、お珍しいことで。それに茶とは」

安三が愛嬌のある顔で二人に声を掛けた。

「安よ、今夜はゆっくり飲めるぜ。お二人がここにおられるんじゃ奴らは手も足も出せねぇぜ」

梅吉が弾んだ声で相方の肩をポンと叩いた。

「おやじさん、酒と天ぷら、それと佃煮とたにしも」

「お客はん、この店でなんぞおまんのか、おもろいことでも」上方の男が首を捩って安三に不審顔で尋ねてきた。

「それならいいんだが、その反対だよ」梅吉が応えた。梅吉の言葉尻をとって安三が「ここ二、三日よぅ、与太者がごろつくんで店のおやじさんが困っているんだよ」

「へぇ、そんなことがおまんのか」「上方のお客さんか、今夜は安心して飲めるよ。こちらのお二人は滅法ヤットーが強いんだよ」安三は剣術の真似をして見せた。

「まぁ、それも今夜限りだな。もし今夜奴らが店に現れたら、明日から浅草界隈には来れねぇだろうなぁ」「へぇ、こちらのお二人がそんなに強うおまんのか?」

星馬左衛門と波龍は駕籠舁きと上方の遣り取りを聞きながら、可笑しさを堪えるのに咳払いで誤魔化した。

「お侍さんの強いのは分かりますが、もうお一人の方がお目がご不自由のようで？」

「上方のお兄さんよう、馬鹿言っちゃぁいけねぇぜ。こちらの方は波沼龍之伸様と言って元は武家の出よ。今は目がご不自由だがヤットーの使い手で江戸で知らねぇ奴はもぐりか、お前さんのような余所者さんよ」

梅吉はさも得意そうな顔で喋り舌なめずりをしてぐびっと酒を胃の腑へ流し込んだ。

「これ、余計なことを喋るな」

星馬左衛門は口では叱っているものの顔の表情は柔和である。剣の厳しさはどこにも感じられない。

「ほな、わてら初めて来ましてんけど今晩は安心して飲んでもよろしいでんな」

「先生に叱られたって俺たちは、お二人の強さをとっくに知っているからさ、喋りたくもなりまさぁ」

叱られた梅吉は星馬左衛門に嬉しさを滲ませて反論した。

「上方の人よ、もし今晩騒動が起きたら二人の先生方が、あっという間に片付けてくれまさぁ。江戸の土産話にしなせぇよ」

「そういう訳だから安心してじゃんじゃん飲んで食ってくれ。勘定は自分持ちでよ…」

お喋り安こと安三が立て板に水の如くペラペラと喋るものだから…。

「あんさん、講釈師みたいでんな、よう喋りはりまんな」

　上方の男が酒の勢いもあって安三たちに馴れ馴れしく話しかけてきた。

「どうやら今夜は奴ら、怖気づいて来ないんじゃねぇのか」

　酒を運んできたおやじに梅吉が声を掛けた。その言葉が終わらぬ内に「おい酒だ」だみ声と一緒にいま、うわさ話していた浪人と三人のごろつきが入ってきた。

　その声に梅吉、安三の表情が強ばった。二人の表情の変化を見て取った上方の男たちが身を縮こませた。梅吉が上方の男たちに目配せした。浪人たちと顔を合わすなという仕草だ。

「おやじ、酒だ。一本だけだぞ。猪口は四つだ。早くせぃ」

　浪人が威圧するように怒鳴り声を張り上げ辺りを見回した。おやっという表情で星馬と波龍に目を留めた。

　おやじが酒を付け台に置きながら「上方からのお客さんもお見えなんで少々お静かに」平身低頭の体で頼み込んだ。「それがどうした。上方から来たって、おい上方のおもしろい話を聞かせろ」威丈高な言い方をした。

　浪人が猪口を片手に上方の付け台に来た。あとの三人が浪人と同じ態度で上方の男たちを取り巻くように付け台の前に腰を下ろした。これが奴らのたかりの第一歩だ。

「いやぁ、おもしろい話と言わはっても人様に聞かせるような話はなんもおませんわ」

「なんと、一つや二つはあるだろう。まぁ酒でも飲みながらゆっくり考えろ」

浪人は上方の銚子を取り上げ上方の男の猪口に注いだ。ついでに自分とごろつきの猪口にも注いだ。

「おやじ酒が足らんぞ、四、五本まとめて急いで持ってこい。ついでに食うものもだ」

空の銚子を振って催促した。浪人は相手が弱いと見るや図に乗り出してきた。

安三と梅吉は浪人と上方の遣り取りを横目で見ながらはらはらしていた。

「上方、今夜はお前らの奢りでよいな」浪人は脅すような声で強要した。

「へぇ、やっとくんなはれ」上方の男の声は完全に震えている。

「その暴言もそこまで、上方の方、こっちの付け台へ来られぃ。それとそこの酒、肴代は払うこととまかりならんぞ」

星馬左衛門が強い口調で言い放った。

上方の男たちも梅吉も安三も、浪人とごろつきも一斉に声の方へ顔を向けた。梅吉はこれでもう安心と上方の男に向けて付け台の下で小さな拍手を送った。

「誰だ。名乗れ。わしらに喧嘩を売る気か」

浪人は星馬左衛門に開き直った言い方をした。三人のごろつきも浪人に倣うように付け台を叩くような仕草で立ち上がった。

「うぬらのようなたかり野郎に名乗る筋合いはない。飲み食いした分の金を払ってさっさと帰れ」星馬左衛門は語気も鋭く言い放った。

「わしらに難癖をつけるのか」浪人が言い返す。

「難癖をつけているのはうぬらではないか。弱い者を苛めて面白いのか。人の温もりを知らない気の毒な屑人間よのう。どこの屑か知らんがこの店では勝手はさせん。分かったらさっさと立ち去れ」星馬は静かな口調ながらずしんと胸に響く声で忠告した。

「大口を叩く割には按摩相手に酒を飲むとは女々しい限りじゃのう」

浪人は反論しているつもりらしいが二人の間柄を知らないから勝手な能書きが言えるのだ。後悔先に立たずとは奴らにあるのか…。

「按摩と軽々しく言うな。うぬらのようなごろつきのたかり蛆虫とは雲泥の差だ。こちらは歴とした生業だ。本を正せば武家の出だ」

「それがどうしたと言うんだ。先ほどから聞いていりゃぁ、うぬら、うぬらとよくも侮辱してくれたな。許すわけにはいかない、きっちりと勝負してもらおう」

浪人はうぬらと何度も言われたことにとうとう堪忍袋の緒が切れる寸前まできていた。ごろつきも右手を懐に入れ、左手で猪口を口に運びながら辺りを威圧するような仕草を見せている。大方、懐の匕首に右手を掛けているのだろう。

波龍は星馬左衛門と浪人の遣り取りを心眼で聞いていた。

「うぬらとこれ以上話しても無駄だ。さっさと勘定払って引き上げろ」

店から立ち去るよう促した。相手は金を払って飲む族(やから)ではない。星馬左衛門の言葉など馬耳東風だ。

「おい、おやじ酒だ」浪人は苛立って怒鳴った。

「おやじ、金を貰ってから酒を出すんだな」

星馬左衛門がおやじに酒を出すことをおだやかな言い方で制した。この言い方に浪人が怒った。

「貴様、何の権利があって俺の注文に文句をつけるんだ」

「権利とはな、真っ当な人間が言うことよ、うぬらには権利などない。うぬらが金を払わないからだ。図星だろう」

図星をつかれた浪人は「本気で喧嘩を売る気だな」息巻いてきた。

「わしは喧嘩を売る気も買う気もさらさらない。たまたま飲みに立ち寄ったら、うぬらが客にたかるなどして店を困らせていると聞いたから、ちょっとお節介癖が出たまでよ」

星馬左衛門は本音を浪人にぶつけた。

「ごたくはそれだけか」

浪人は相変わらず強気な言い方と傲慢な態度に出てくる。

「ごたくを並べているのはそこのごろつきのあんたが親玉かぇ？　さっさと払うものは払って帰んなせぇ。昨夜の分もな。その前の分もだ」

波龍が初めて口を開いた。波龍の凛とした声に上方の男たちの目が波龍に向けられた。

「何を、ど按摩が。何も出来ねぇくせに減らず口を叩くな」

「按摩は引っ込んでおれ」ごろつきの一人が口を挟んだ。

波龍の言い放った言葉に熱り（いき）立った浪人は太刀を摑むなり鯉口を切った。

梅吉も安三も上方の三人も「あっ」声を揃えてあとずさった。浪人とならず者の表情が恐怖に変わった。

波龍の心眼がすでに浪人の動きを捉えていた。一瞬の出来事だった。付け台を引くと同時に猪口と徳利が音を立てて土間に転げ落ちた。波龍の三尺五寸の鋼の杖先六寸が浪人の右手首を跳ね上げた。一瞬の早業だ。根付の鈴が鳴ると同時だった。

「ぐわっ」浪人は異様な言葉を残して付け台に片肘をついたまま顔は苦悶の表情に変

わっていく。おそらく右手は骨折しているだろう。太刀が土間に落ちた。浪人のぐらつく様子を目の当たりにした三人のごろつきは驚愕の表情でたじろいだ。付け台から一歩あとずさった。

「さっき按摩と呼び捨てにしたごろつき、前に出ろ、あれだけの大口を叩いたお前はさぞかし強いはずだ。この御仁の杖を受けてみろ。早く前へ出ろ、ぐずぐずしていたらこっちから行くぞ。命はないものと思え」

星馬左衛門が脅しをかけた。

名指しされたごろつきの顔は青ざめ恐怖で引きつっている。唇が震えている。失禁したのだろう、土間にぽたぽたと小便が落ちた。

「どうした、怖気づいたか。それともわしと立ち会ってみるか。素手で相手をしてやろう。ど奴から片付けようか」

浪人は片肘をついたまま苦渋の表情を見せ口から泡を吹いている。相当の痛みを受けたのだろう。左手で右手首を庇うのがやっとだ。

「どうした、わしは素手でうぬらの相手をしてやると言っているのだ。その懐の匕首が出たがっているんじゃないのか」

星馬左衛門は挑発するようにきつい言葉を投げつけた。

　ごろつきの一人が立ちかけた。

「やる気が出たのか、ここは店の中だ。うぬらの汚ねぇ血で店を汚しちゃぁおやじに申し訳ねぇ。吾妻橋の下へ来い。三人束で来ても構わねぇぞ。ついでに大川に放り込んでやろうか」

　立ちかけたごろつきの口元が大きく震えている。何か言いた気だが歯がカチカチ小さな音を立てて言葉になっていない。浪人の無様な格好を目の辺りにしているだけに戦意は完全に喪失している。

「此奴ら四人をゆすりたかりの常習者として自身番に届けるよう、知り合いの与力に話をしておこうか」

　星馬は梅吉を自身番へ走らせた。

　上方の三人はすっかり落ち着きを取り戻していた。声高に星馬左衛門と波龍の強さを褒め上げながら、浪人たちの無様さを軽蔑する表情に変わっている。

「どうだい上方の、強ぇお二人だろう。俺たちゃぁここでいつも一緒に一杯やっている仲なんだぜぃ」安さんが得意気に喋りだした。

「安さん、そこまで法螺を吹くと先生と波龍さんに叱られるぜ」

　おやじが明るい声で徳利を上方の前に置きながら口を挟んだ。

「おやじさん、此奴らの勘定はいくらだ。店で飲み食いした分全部だ。びた一文負けちゃぁならないぞ。わしがこの場で取り立ててやるから」

星馬が三人の側へ立った。三人と浪人の表情が恐怖に変わった。

「もう痛めるようなことはせん。打たれた手は痛かろうが巾着くらいは出せるだろう。まずこれまでの勘定を払え」

星馬左衛門の言葉にこれ以上は痛めつけられないだろうと思ったのか、小悪党野郎の表情が安堵に変わった。その途端に四人は巾着からあるだけの銭を出して付け台に置いた。そこへ梅吉が与力と岡っ引二人を連れて戻ってきた。

「此奴か、たかりゆすりの常習野郎は」岡っ引の一人が怒鳴った。

「此奴らは叩けば埃の出る奴だろう。お奉行からきつい罰が下されるだろう」

別の岡っ引が言葉を繋いだ。縄を打たれた四人は哀れな姿を町中に晒し自身番へ引っ立てられて行った。

「ありがとうございました。今日から安心して商いができます」

おやじが礼の言葉と一緒に徳利を付け台に置いた。

「上方の方、せっかくの江戸見物に来なすってとんだ怖い思いをなさっただろう。こっちへ来て一杯やんなされ。梅吉さんたちもよかったらどうぞ」

波龍が声を掛けおやじの差し入れた徳利を持ち上げた。

「そうですか、ご馳になりやす」

酒に目のない安三が待ってましたとばかりに身を乗り出してきた。

「上方の人もこっちへ」星馬左衛門も手招きした。

「おおきに、おおきに。今夜はお芝居よりもほんまもんの江戸のお侍さんに会わせてもろうて嬉しゅうおました」

久しぶりに店に笑いが戻った。


飲み屋の騒動から十日過ぎた。波龍は絹春のことを想いながら長屋へ急いでいた。

梅雨の雨はしとしとと陰気な降りで気分までも重くする。暮れ六つの鐘の音が湿った空気を更に重々しく響かせて町中に消えていく。鋭敏な波龍の聴覚が鐘の音とは違う微妙な音を捉えていた。不穏な予感のする微音だ。雨粒が傘の上を転がるように地べたに吸い込まれていく。先刻よりも傘に当たる雨粒の音が大きくなってきた。どうやら今夜も本降りになってきたようだ。跳ね返ってくる雨粒が着物の裾に染み込んで歩きづらい。杖の根付の鈴も時折湿っぽい音を立てる。それにしても聴覚を叩く微音が気になって仕方がない。人の気配だろうか。後をつけられている気配ではない。

梅雨独特の湿っぽくじっとりとした空気が身体にまとわりつく。湯屋に行ってさっぱりしたい気分になりたいと歩を早めた。雨がますます本降りになってきたせいか、いつもの賑わいとは裏腹に広小路通りを往き交う人もまばらである。地べたから跳ね返った雨が下駄の鼻緒を伝わって、足裏から指に気持ちの悪い湿気がべったり張り付く。空はいっそう暗さを増し、雨足がさっきよりも強くなってきた。

広小路を過ぎ東仲町まで来たときだ、突如、雨よけの菅笠を被り裾を端折った中年の男が顔前に現れた。波龍は男の出現を勘で当てていた。

さっきから聞いていた微音は、前方から走ってくる男の半纏が雨風に煽られる音だった。男の濡れた半纏が波龍の身体に触れる寸前、波龍は身体を右にわずかに逸らし傘の持ち手を変えた。その刹那「げーっ」男は口から異音を発して雨を十分に吸い込んだ地べたに倒れこんだ。西の空に凄まじい雷鳴が轟き稲妻の閃光が瞬間男の身体を照らした。男は菅笠の下に頬被りをして人相を隠していた。波龍にその様子は見えないままだ。男は波龍に身体を打ち当て様、右手が波龍の懐に入った。男の右手人差し指と中指が波龍の懐中入れに掛かった。その瞬間、鋼の杖の持ち手部分が男の右手首を強烈に撥ね上げた。一瞬の出来事だった。

倒れこんだ男に雨は容赦なく叩きつける。

雷鳴と同時に閃光がまた走った。蛙のように地べたに伸びた男の姿を青白い光の中に浮き上がらせた。しかし波龍にはこの様子を目にすることはできない。

「巾着切りか」地べたの男に声を落とした。雨足をいっそう強めた雨粒が地べたに這い蹲る巾着切りを容赦なく打ち続ける。

波龍は巾着切りの側へ腰を落とした。

「今日は手加減をした。今度同じ事をするとその手首から先はないものと思え」

地べたで苦悶に耐えるように荒い息を吐いている巾着切りに強い口調で言葉を投げ、あとは何事もなかったようにその場を立ち去った。雨は相変わらず降り続いている。たまに通る通行人も地べたの巾着切りを一瞥するだけで誰一人として助けようとはしない。

この雨にどこの店も客はもう来ないだろうと表戸を下ろし、軒行灯の灯も落としている。辺りは暗闇に包まれている。辻々に立つ常夜灯の明かりも今夜は晴れた夜の半分の明るさにしか見えない。

巾着切りは右手首を左手で押さえよろよろと立ち上がった。「ちきちょう、ちきしょう」誰に投げているのか呟きながら広小路の方へよろよろと歩き始めた。その背中に雨が容赦なく叩きつける。

波龍と巾着切りの動きを質屋の塀の陰からじっと見つめる一人の侍がいた。暮れなずむ雨の中、遠ざかっていく波龍の後ろ姿を目で追いながら「龍之伸、元気であったか」侍は心の中で呟いた。懐かしさがこみ上げてきた。何故だか目頭が熱くなってきた。龍之伸と音信が途絶えてもう十余年になるのか、侍は小さくなる波沼龍之伸の背に声にならない声で問いかけた。

侍の名は垣坂小太郎、龍之伸とは同じ私塾、同じ道場で文武二道を学んだ仲だ。小太郎は江戸屋敷詰めのため、今年の春に江戸に上がってきた。龍之伸の剣法を今、目の当たりにしてあれほど立派になっていようとは思ってもいなかった。按摩を生業にしているとは噂に聞いていたが剣の道も捨ててはいなかったのだ。今し方の巾着切りを成敗した様子など、巾着切りの動きを心眼で瞬時に捉えていたのだろう。健常者では出来ぬ業だ。

小太郎は激しく降る雨の中で今し方見た龍之伸の神業にも似た技法を思い出し、これは並の修練ではないと感服すら覚えた。そしてこれから先、何時になるかは分からぬが小太郎は必ず再会できるであろうことを確信していた。「それまで達者でな…」再び心の中で声にならない声を掛けた。小太郎は波龍とは反対方向へ踵を返して行った。

雨足はいっそう激しくなってきた。ずぶ濡れになって棒手振りが駆けて通り過ぎて行った。

十一　なつの無念を晴らす

巾着切りの出来事があってから一ヶ月が過ぎた。

長雨だった梅雨もやっと上がり、真夏の太陽がじりじりと草木を燃えつくすように照り付ける。通りの木々から蟬の声が耳を劈く。その鳴き声が余計に暑さを倍加させる。蟬時雨の中を波龍は額に噴き出る汗を手拭いで拭いながら「暑い、暑い」とぼやきにも似た呟きを連発しながら歩みを速めた。

「少し風でも出てくれりゃぁ、ちったぁ涼しくなるんだが」

「去年より暑いんじゃねぇか」

暑さを恨むようにぼやきながら職人風の男二人が通り過ぎた。

歩く後ろから蟬の声が追っかけてくる。

「波龍さんじゃぁありませんか？」

女の声で呼び止められた。どこかで聞いたような声だが咄嗟には思い出せない。立ち止まって声の主に顔を向けた。「どちらさんで…」

「やっぱり波龍さんだわ。いつぞやおでん屋さんで…なつです」

女は去年の二月、寒い夜だった。波龍の袖を引いた夜鷹のなつの声だった。

「じゃぁ、あの時のなつ姐さんだね」

「覚えていておくれだったんだね。その節はどうもありがとうございました」

なつは深々と頭を下げた。波龍は勘でなつの仕草が分かった。

「西瓜はどうだぇー」棒手振りが乾いた空気の中で乾いた大声を張り上げ通り過ぎた。なつは日よけの傘を波龍に差しかけたのか、剃髪した頭に当たる日差しが少し和らいだような気がした。

「ところで姐さん、あっしに何か用でも?」

「ええ、ちょっと。実は去年お話しした台風の夜の…」なつは後を言い淀んだ。

無理もないことだ。自分の一生を台無しにした憎んでも憎みきれない男の悪業だからだ。

ひょっとしてあの時のおでん屋の屋台で、波龍はそこまで聞いて思い出した。

「あたしが探していたあの男がこの近くでうろうろしているらしいの」

相変わらず蟬の鳴き声が時雨れて耳の底まで暑さを伝えてくる。

「で、姐さんもその男を見かけなすったのかぇ」

「いいえ、わたしはまだだけど知り合いがねぇ…」あとは顔を伏せて言葉を濁した。

なつは思い出すのも汚らわしいのか、表情がくもり怒りが込みあげてきた。

「それにしても暑いねぇ」波龍はなつの気持ちを察して言い回しを変えた。

「暑いはずですよ。今日は大暑ですもの」なつも波龍の言い回しに同調した。

「ここではなんですからさっきの話を近くの茶店で聞かせてもらいましょう」

波龍は半町ほど先の茶店に誘った。時折絹春と来る茶店の団子が美味しいと評判の店だ。

暑さと風のないせいか軒先にお休み処と書いた赤い提灯も暖簾も、うな垂れたようにただぶら下がっているだけだ。

小さな突風が吹いて乾いた白っぽい土埃が舞い上がった。

「いらっしゃいませ」店先で打ち水をしていた女主人が手を休めて顔を上げた。

「あら、波龍さん、珍しいわねぇ。昼日中からきれいな姐さんとお二人で、隅に置けないわねぇ」

「そんなんじゃぁありませんよ。この姐さんとはちょっとした関わりがあって」

床几に腰掛けた二人に小女が物知り顔で茶と団子、団扇を置いて店内に戻った。

波龍は小女が引き下がるのを待って「さっきの話だが…」

「それなんだけど、わたしの知り合いが三日ほど前に質屋の丹下屋へ質草を出しにいったの」

なつの語るところによると…。

丹下屋に大柄な薄汚れた男が当人には不釣り合いな見事な簪を質入れしたいと入ってきた。番頭はひと目で質草は盗品と気づいた。金はいくらでもよいと言う。強引に頼み込んでいた。しかし身形がどう見ても簪と釣り合わない。

「貸すのか」「いや、それは主人と相談してみないと」「つべこべ言わずにはっきりしろ」押し問答が続いた。「どうしても貸さねぇのか」男が片袖を捲くって凄んだ。二の腕に黒い刺青が二本入っていたと言う。結局、男は「覚えていやがれ」と脅しをかけて店を出た。

「じゃぁ、なつさんが前に話してくれた化け物のような大男と言うのは」

「知り合いに事細かく聞いたの、簪もわたしのとそっくりだし包んでいた袱紗も紫色だって言うの。男の人相もそっくりなのよ」

語り終えてなつは襦袢の襟を少し広げ団扇で風を入れた。

いやがうえにも増長する蟬時雨が時折二人の話の腰を折る。波龍は剃髪した青みのある頭を手拭いで拭った。

「所在はわかりましたか？」

「そこまでは、でも知り合いの話だと川向こうの方から二、三人の仲間と連れ立って来ているらしいと言うの、それでも生業は持たず、かなりあくどいやり方でゆすりたかりをしているらしいのよ」なつは過去を思い出しのか顔がくもった。

「よく分かりました。あっしもなつさんの話を聞いた上は力になりましょう」

波龍は知り合いの岡っ引に男の所在の探索を頼んでみることにした。

「なつさん、あっしに用がある時は前に会ったおでん屋のおやじさんに言伝（ことづて）をしておくんなさい」

なつは胸のしこりが下りたのか茶碗に残った茶をすすった。

「なつさん…今でも…」波龍は暗に最初に会った時の生業を聞いた。

なつは古い傷を捨てるように「あれから一月ほどして足を洗ったのよ」

顔からくもりは取れ年増の美形に戻っていた。

「そりゃぁよかった」

その言葉を聞いて波龍は無性に嬉しかった。

「今は両国橋の東側にある『うなぎ屋』で下働きをしているのよ。一度、波龍さんも食べに来てくださいね」

うなぎの話を区切りに二人は茶店を出た。太陽は西の空へ急ぎ始めた。それでも蝉時雨があとを追っかけてくる。まだ暑さは当分続きそうな蝉声だ。

あれだけ騒々しかった蝉の鳴き声も七日の短いいのちを惜しむように細っていった。空も入道雲からいわし雲に変わってきた。秋が足早に近づいていた。明日は中秋の名月、長屋でもすすきや団子作りの準備を始めていた。

波龍は暮れ六つの鐘の音を背に受けて広小路の賑わいの中を長屋へ急いだ。二町も来たところで呼び止められた。声の主はおでん屋のおやじだ。

「波龍の旦那、なつさんから言伝が来ているよ。男の居所が分かったって。明日、暮れ六つにここに来るって言うんだ」

「じゃあ、あっしもその刻限に…」

波龍は長屋と反対に踵を返すと途中で駕籠を拾い星馬道場へ急いだ。

秋の太陽は釣瓶落としという、南黒門町の道場に着いた頃には辺りは夜の帳に包まれていた。手伝いの婆さんが帰るところに出くわした。「先生は奥ですよ」ひと声掛けて帳の中へ。

波龍が師範代として門弟たちに稽古をつける昼間の木刀を打ち合う活気はない。静寂が支配する室内で、星馬左衛門になつのこれまでの生き様を話した。

じっと聞き入っていた星馬左衛門がひと言。

「相分かった。明日の刻限にわたしも行こう」

波龍は大きな力を得て長屋へ戻った。長屋は明日の月見の準備で賑わっている。月が中空で優しい光を放っている。

翌日、波龍は一番鶏の鳴き声で目が覚めた。棟割長屋の朝は早い、井戸端はおかみさん連中の話し声で賑やかだ。波龍も手拭いを片手に顔を洗いに井戸端に行った。

「波龍さん、おはよう」豆腐売りの源さんが棒手振り姿で出掛けるところだった。十間も行ったところから「とーうふぃ、とーふー」威勢のいい売り声が跳ね返ってきた。

「そろそろお山も赤く染まる頃だねぇ」

米を洗いながら上州出身のおたねさんが空を見上げて誰に言うともなく声に出した。歳を重ねると生まれ在所が恋しくなるのだろうと、波龍はおたねの言葉の裏を見たような気がした。

その日、波龍は暮れ六つ刻限の前におでん屋に着いた。なつはもう来ていた。波龍の後を追うように星馬左衛門も着いた。

波龍はなつを左衛門に引き合わせた。

「おおそのことは波沼殿から伺っております。随分苦労されたとか、此度のことについては些かでも力になれればと…」

「ありがとう存じます。こうして波龍さんや星馬先生のお力をお借りできますと本当に嬉しいです。是非とも無念を晴らしとう存じます」

なつの目に涙が滲んでいた。

二人の力添えにありがたさと過去の忌まわしい出来事が脳裏を駆け抜けたのだろう。

波龍が最初の難問を口にした。

「まず男と接触し、簪の存在を確かめる必要があります。どうしましょうか」

「おやじさん、店に来る客でちょいとひと芝居できそうな遊び人風はいないかな」

星馬の問いにおやじは首をちょっと傾げ何かを思い出すような仕草をしていたが、そうだとポンと手を打った。

「ちょうどいいのがいますよ。与太っていうちょいと調子のいい男がいますよ」

「その与太にわたしを繋いでもらえまいか、後はわたしと波沼殿で策を考えるから」

おでん屋で三人が会ってから数日が過ぎた。与太はおでん屋のおやじから波沼龍之仲と星馬左衛門を通じて、なつの無念を聞かされ、一肌脱ぐことになり、なつに会った。与太はなつから聞いた人相の男を探して、今日も朝から浅草方面や両国界隈を流していた。

秋の日暮れは早い。「足が棒になるってのはこのことか…」与太は愚痴りながら暮れなずむ中、足を引きずって長屋へ帰ってきた。

翌日、江戸の空は厚い雲に覆われて今にもひと雨きそうな様子に「今日こそ男に会いたいもんだ」与太は空を見上げて呟いた。与太は女たらしほどではないが、それに似た気質の要素を持っている。今日も両手を水平に広げ着物の袖口の両端を摘んで前後にひらひら振りながら、風に吹かれる奴凧に似た歩き方で両国橋を中ほどまできた。両手の振りに合わせて辺りをきょろきょろ見回している時だった。探している人相の男に出くわした。男は与太が思っているよりも大男だ。男の側にこれも悪党面の男二人が連んでいる。通行人は三人を避けるように左右に寄って急ぎ足になる。

「ちょいとにいさん、話があるんでそこの茶店まで付き合っちゃくれませんか」

与太は相変わらず奴凧風情のままだ。相手は世間の裏街道を生きる人間だ。この仕草の方が相手を安心させるには好都合と考えた。

男は与太の声に一瞬ぎょっとしたようだ。しかし与太の風情を見るなり、同じ仲間と思ったのか「おぉ」横柄な態度で声を返し、与太を上から下までじろりと一瞥した。

「ところで俺に何の用だい」

男は懐手のまま凹んだ目で与太を睨む顔相で一言投げた。頬骨が異常に高い、その分だけ人相を余計に悪くしている。

「まぁ、まぁ、そこの茶店で…」

与太は軒先で揺れる赤提灯を指差した。棒手振りが四人をちらっと見て通り過ぎた。

与太は茶店から手桶を抱えて出てきた小女に「小部屋をちょいと借りてぇんだが」

小女は四人の人相風体を見て「どうぞ」を言いあぐねている。

「部屋が空いているかどうか見てきます」判断に困った小女は、言い残して店内に戻った。

入れ替わりに顔を覗かせた女将が「おや、与太さんじゃぁないの、あいにく小部屋はふさがっているけどさぁどうぞ」四人を招じ入れた。男は床机に腰を下ろすなり酒と茶碗を持ってきた女に怒鳴った。何を怒鳴ったのか意味が分からない。多分子分の一人が先に店に入ったからだろう。

「ところで俺に話ってのは…」

男は酒を手酌で茶碗に注ぎ一気に呷った。連んできた二人も同じ仕草で立て続けに呷った。たかり野郎の常套的な手口だ。

頃合いを見計らって与太が声を掛けた。

「おめぇさん、大層な簪を持っていなさるそうで、そいつをあっしに譲っちゃぁくれませんか」

徳利を男に差しながら与太は単刀直入に切り出した。

「おめぇ、何でそれを知っているんだい」

男はぐい呑み茶碗を持ったまま左手で懐を押さえ、怪訝な表情で与太を睨み付けた。

「あにき…」二人が同時に片膝を立て与太に詰め寄る仕草を見せた。すでに右手は懐の匕首にかかっている。

「実は俺の知り合いがおめぇさんが簪を質入れに行って断られたところを見たって言うんで、それが大層な物だって驚いていたんで…」

与太は星馬左衛門の策をそのまま男に返した。

「おめぇがこんな物を持ってどうするんだ。それに三両や五両の代物とは違うぜ」

「実はあっしが古くから出入りしている大店の娘さんがこの秋に嫁入りするんで、それなりの簪を持たせたやりたいと主人があっしに頼んできたんでさぁ。幾らでなら譲ってもらえるんで？」

「幾らなら出すんだ」

与太と男の駆け引きが始まった。

「品物を見ちゃいないんで今は何とも」

与太も暗に含みを持たせた。

「一度簪(かんざし)を見せちゃぁくれませんか。その日にはお店のお内儀が金子を用意して一緒しますんで。今日は口繋ぎということでこれを受け取っておくんなさい」

与太は大枚三両を差し出した。男の強欲な目が三両に釘付けになった。目の凹んだ下の頬がぴくっと動いて狡猾な表情が垣間見えた。

「分かった。明後日の今の刻限にこの茶店でどうだ」

男は言うと同時に三両を鷲掴み懐にねじ込んだ。三人は残った酒をぐびっと呷って茶店を勝ち誇ったように肩を怒らして出て行った。


当日が来た。波龍、星馬の二人は与太と男が待ち合わせる刻限より少し早めに着いていた。星馬は女将に与太と男が入る部屋の隣にもう一つ部屋を取らせた。

なつと与太はおでん屋で待ち合わせて来ることになっている。

約束の刻限になった。男は小悪党二人を連れて現れた。後を追うように与太となつが茶店に着いた。なつが簪を見て自分の物なら、久しぶりに本物に会いましたと声高に言うことになっている。星馬左衛門と波沼龍之伸は隣の部屋の遣り取りに耳を傾けていた。なつはお高祖頭巾を被り顔の表情があまり分からない。

「お内儀、こちらのにいさんがお持ちなんで。にいさん自慢の簪をちょいと見せてくれませんか。お内儀が気に入れば五十両まで出してもいいって仰るんで」

与太は金子の多寡で男の表情がどう変わるか反応を見た。

五十両と聞いて男は卑屈な笑いを頬高の顔面につくって、懐から薄汚れた紫の袱紗を取り出した。「へぃ、これで」男は袱紗を自慢気に広げた。

なつに見覚えのある懐かしい袱紗だ。感情が高ぶった。あの暴風雨の夜の忌まわしい出来事が脳裏を掠め去ってはまた現れた。

「ちょっと見せておくんなさいな」なつは冷静を装いながら初めて口を開いた。

男は五十両が頭の中で渦巻いているのか小悪党二人の顔をちらっと見て、頬高の上の凹んだ目に卑しい濁った笑いをまた浮かべた。

「とっくりと見てくれ、そんじょそこらの代物とは大違いだぜ」

男は袱紗ごと、なつの前に押しやった。袱紗の端になつの縫い取りが読み取れた。直に手に取ってみるとさらに懐かしさで胸が締め付けられた。間違いなくわたしの持ち物だ。なつは確信した。袱紗と簪を取り上げたなつの目に小さな水玉ができた。珊瑚と金の細工に少し曇りはあるもののなつの捜し求めていた簪だ。金細工の裏に小さい文字で「なつ」の刻印もある。

「どうでぃ、五十両の値打ちはあるだろう。気に入ったら話は早くつけようぜ」

二人の小悪党も幾らかの分け前をもらえるものと、舌なめずりをして成り行きを見守っている。

「お内儀、どうです。気に入りましたか」

与太がわざと買う気を煽るような言い方をした。

「久しぶりに本物に会いました。これなら五十両でも安いわね。おや、簪に「なつ」って刻印があるわ。どこかのお武家様の持ち物だったのかしら」

なつは隣の部屋へ聞こえるように簪をほめる言葉を並べた。なつの言葉が終わると同時に襖が強く引かれた。突然のことに驚いたのは悪党三人だ。

「何だ、てめぇらは」

男が吠えた。小悪党二人が懐から匕首を抜いた。男はなつの手から簪を取り返そうと一歩前に出た。波龍の動きが速かった。薄い網膜に映る男の影を捉えると同時に独特の勘で鍛冶鉄入魂の鋼の杖が唸った。男が右足で一歩踏み出した膝を水平に的確に一撃した。膝関節は完全に砕けているだろう。男の顔が一瞬にして苦渋に変わると同時に片膝をつくようにその場にへたり込んだ。

小悪党二人が匕首を低く構えて波龍に突っかかってきた。刹那、星馬が腰から脇差を鞘ごと抜くなりその鞘が二人の手首を相次いでしたたかに打った。匕首の一本が畳に刺さった。一本はへたり込んでいる男の前に落ちた。与太が二本を拾い上げ座敷の隅へ放った。

往来から西瓜の立ち売りの声が聞こえてきた。応えるように蟬のけたたましい鳴き声が座敷に入ってきた。多分、座敷に入ったときから聞こえていたのだろう。

「なつさん、頭巾を取って顔をよく見せてやりなさい」

星馬が声を掛けた。男がぎょっと顔を強張らせた。

なつは静かにお高祖頭巾を取った。夜鷹から足を洗ったなつの顔は艶やかさを増していた。

「おい、そこの悪玉、お前だ。この姐さんの顔をよく見ろよ。知らないとは言わせないぜ」

星馬はぞんざいな言い方で男を名指した。

「十年前の夏の台風の夜だ、お前が押し入った根岸の姐さんだ。お前はこの姐さんを散々いたぶった挙句に今お前の前にある簪や金子まで盗み、その上家に火を放って姐さんの人生をめちゃくちゃにしたそうじゃないか。今日でお前の人生は終わりだ。覚悟することだな」

三人の悪党は、星馬左衛門の投げたひと言でわなわなと震えはじめた。

「与太、すぐ番屋へ走れ。遠藤という同心にここに来るように伝えてくれ」

「おい、悪の親玉。おめぇがのうのうと十年もたかりゆすりで生きている間、姐さんは地獄の底でおめぇを捜していなすったんだ。今日を限りにおめぇは地獄に落ちるんだな」

二人の強さに恐怖を感じたのか小悪党の一人が小便を漏らしたのだろう、畳に大きな染みができた。

波龍もなつの無念さを晴らすようになつの胸中を代弁する言葉をぶつけた。

追い討ちをかけるように「もう一つ聞かせてやろう。お前の犯した罪は強姦、強盗、火付け、おまけに前科があるそうじゃないか、これだけ揃っていりゃぁお白洲でお奉行だってきつい裁きをなさるだろう。市中引き回しの上、三尺高いところに晒されて死罪だろう」

星馬の再度のきつい言葉に男は片膝ついたまま痛みに耐えながら失禁していた。体が大きいだけに染みも大きい。顔は蒼白に、体はわなわなと震えている。

小悪党は星馬の言葉を聞いて、ただただ狼狽えるだけで腰を抜かしている。お前も同罪だ。

この言葉に小悪党は裁きの恐怖を感じたのだろう、二人が同時に失禁した。

「波龍さん、星馬先生、わたしはこの男を憎んでも憎みきれないほど恨んでおります。そこの匕首を貸しておくんなさい。ひと刺し恨みを晴らしとうございます」

なつは涙声で決意を訴えた。なつのひと言に男は恐怖に歪んだ顔をいっそう歪めまたも失禁した。

「気持ちは分かるが、それはならぬ。なつさんが刺せばこんな悪者でも人殺しになる。お奉行がお白洲でなつさんの恨みを十分に晴らしてくれます。お任せしなさい」

星馬は諭すように語りかけた。

なつは着物の下の襦袢の袖口で目頭をそっと押さえた。唇が小刻みに震えている。握った拳をそばから見ても分かるほど震えが大きい。よほど悔しいのだろう。

星馬はなつの悔しい気持ちが痛いほど分かった。女の一番大事な貞操をこんな大悪人に汚されたのだから。できることなら俺が奴を成敗してやりたい。しかしそれも法がある以上、許されることではない。

「波沼殿、これでよろしいかな」

「なつさんのために、ご尽力いただきありがとうございました」

「なつさんは不満だろうが、あとは奉行所にお任せしてよいかな…」

なつは頭を小さく下げた。

なつと星馬の遣り取りの隙をつくように、小悪党二人が座敷から逃げ出しそうな仕草を見せた。

「動くな」波龍の勘が動きを捉えていた。一喝に小悪党はその場に釘付けになった。

その時、階下で「邪魔するぜ」聞き覚えのある遠藤の声がした。続いて階段を駆け上がってくる複数の足音がした。

遠藤は座敷に入るなり「おや、何時ぞやは」

星馬と波龍を見て声を掛けた。その後ろで与太がぜいぜい息を切らしている。

「此奴ら三人ですか？　あらかたのことはこの者から聞きました」

遠藤は与太に顔を向けた。

「強盗、強姦、火付けはこの男ですかぃ？」

遠藤は大男に向け十手を突き出した。「縄を打て」二人の岡っ引に指図した。

「此奴、小便を漏らしていますぜ。よっぽど怖い目に遭ったみたいですぜ」

岡っ引の一人が畳の染みを見つけて素っ頓狂な声を上げた。小悪党二人は観念したのか素直に縄を受けた。

「簪は預かっておく、証拠調べののちお白洲で調べが済めばお奉行から返されるだろう。裁きの日には証人として出てもらう。星馬殿も波沼殿もよろしくお願いします」

遠藤は簪と袱紗を一緒に三人を引っ立てていった。

「なつさん、これで少しは気が晴れたかな…」

波龍はほっとした気持ちで声を掛けた。

「本当にありがとうございました。これからは過去（むかし）を振り返らないで、一生懸命働いて会津の年老いた両親を少しでも助けようと思います」

なつは少し晴れやかな表情で礼を言った。

階段を上がってくる足音がした。襖を開けた茶店の女主人は畳を見るなり、

「あら、あら漏らしちゃったの仕様がないわねぇ。お茶も飲めないわねぇこれじゃぁ、あちらの部屋へどうぞ」

お茶の盆を持ったまま四人を隣の部屋に通した。

「大変でしたね。与太さんから聞いたんですが大悪人だったんですね。それにしてもお二人ともとってもお強いんですねぇ」

一気に喋って階下へ戻って行った。

「ひと息ついたことだし、そろそろ帰るとしましょうか」

星馬は波龍に声を掛け、表側の障子を開けた。蝉が一匹迷い込んで畳の上に背から落ちた。星馬は畳の上でひっくり返っている蝉をつまみ上げ夏の空へ放してやった。目で追った蝉は通りの柳の枝に留まり損ねて地面に落ちた。

「果無いねぇ、あの蝉も。七日のいのちか」

星馬がひと言呟いた。

「星馬先生、波沼さん、与太さん、お礼と言ってはおこがましいのですが一献受けていただけないでしょうか。この先に知り合いの茶屋がありますのでそこで…」

「礼なぞ不要のこと。気にされるな。なぁ波沼殿、与太もそうだろう」

「なつさん、裁きが下りたら四人で賑やかにやりましょうや、今日限りで縁が切れるわけでもなし」

波龍はなつのこれからの行く末を見守ってやるのも縁と感じていた。

気忙しかった蝉の鳴き声も薄れ、暑かった夏も朝夕涼しさを感じる時節となった。秋も間近いという昼下がり、町の辻で瓦版売りが大声を張り上げている。

悪党三人の裁きが下された件だ。

なつを凌辱した悪玉は死罪、小悪党二人は寄場送りとなった。

奉行所から証拠調べの終わった簪と袱紗がなつの元に返された。なつは忌まわしい過去と簪を一緒に袱紗に包んで大川に放った。袱紗は水面に小さな泡を残して川底に沈んでいった。なつが生まれ変わるなつだけの聖なる儀式のようでもあった。

星馬左衛門は時々、うなぎ屋を遠目に見ながら通るが、そこには甲斐甲斐しく働く、なつの生まれ変わった姿が見受けられた。

波龍にもこの様子が星馬から伝えられた。

十二　長崎への旅立ち、そして開眼へ

あれから九ヶ月が過ぎた。品川宿を過ぎ六郷の渡しで川崎宿に入る。保土ヶ谷宿まで来ると風景も江戸の町とはがらりと変わる。麦畑から五月晴れの空へひばりが飛び立った。

「波龍さん、のどかだねぇ。浅草とは大違いよね。わたしの故郷、信州とも違うみた

い」

五月の風を身体一ぱいに受けながら絹春は楽し気な風情で波龍に語りかけた。

街道を行く旅装束姿の波沼龍之伸と絹春の会話である。二人はまだ見ぬ長崎を目指しての旅立ちである。今年は、波沼龍之伸と絹春にとって素晴らしい年明けとなった。それは新年を祝う大店の旦那衆の座敷に呼ばれた絹春に嬉しい話がもたらされたのだ。

室町の薬種問屋の主人から長崎に蘭学を学んだ高名な眼科の医者が開業しており、紹介状を書くから波龍さんを一度診せたらどうかと嬉しい話を貰った。

絹春は飛び上がるほど嬉しかった。座敷が引けるのを待って波龍の長屋へ駆けつけた。

「波龍さんの目が見えるようになるかもわかりませんよ」

絹春は長屋に入ってくるなり息を切らしながら一気に喋った。絹春はまだ波龍の目が治るとも治らないとも分からない状態で気持ちだけが高ぶっているものだから、あまりにも性急な言い方をした。

波龍は絹春の唐突な話に「どういうことです？　目が治るっていうのは？」

狐につままれたような話に戸惑った。

絹春は今夜の座敷で薬種問屋の主人からの話を伝えた。絹春の話で理解した波龍はもし目が治ったら…気持ちの中に一縷の望みが見えたような気がした。

「絹春さん、ありがとう。もし目が見えるようになれば…」

言葉のあとが感激で続かなかった。しかし心の中でこれほどまでに自分のことを気遣ってくれる絹春に、感謝と必ず貴女を幸せにしますと語りかけていた。

ここまでが二人の長崎へ旅立つ経緯である。

目の不自由な波龍を気遣って、薬種問屋の主人は海路を使うよう、知り合いの廻船問屋を通じて色々と手配りをして二人を送り出した。

星馬左衛門と豊音は川崎宿まで同道、一泊して別れを惜しんだ。

二人は陸路下田まで駕籠を乗り継ぎ、下田港から薬種問屋の主人が手配りしておいた船に乗船した。海路は時化ることもなく三十四日で長崎に着いた。長崎はすでに初夏を迎えていた。長崎でも二人は薬種問屋の主人が手配りしてくれた宿屋に旅装を解いた。

初めて見る長崎の町は外国との交易も盛んで異人の姿が其処此処で見かけられた。食べ物も江戸で味わったことの無い異国の味が多く感じられた。それを一つ一つ絹春が形や食材を説明した。絹春の説明で想像するしかなかったが、いつかはその味や形を見ることができると望みに繋がった。

波龍と絹春が長崎に着いて三日後の夕刻だった。気晴らしにと散歩に出掛けた。暮れ六つの鐘が鳴り始めた。町中は町人や職人の往き来で賑わっていた。異国人の姿も多く見受けられる。

「おい、垢抜けした女じゃないか」

横合いから酒で濁った声がした。絹春を指していることはすぐに分かった。

「どれどれ、おぉこれは美形じゃぁ」

別な声が飛んできた。どうやら三、四人連れらしい。言葉の端々からするとどうも侍らしい。

「波龍さん、関わり合いになるのも嫌だから急いで帰りましょう」

絹春が小声で囁いた。二人はそのまま早足で歩を進めた。

「おっと、そこのよか女子（おなご）、ちょっと付き合っちゃぁくれませんか」また、別の声が下手に出る言い方をしてきた。

「ちょっと先を急ぎますのでごめんなさい」

「手間は取らせないから二、三、酌をしてくれればそれでいいんだよ」

しつこく後ろから声を掛けてくる。

「おぉ、よか女子じゃ、ここらでは滅多にお目に掛かれないよか女子じゃ」

別の声が飛んできた。話し声と雪駄の踏み音からすると五人はいると波龍は計った。往来の通行人は絹春に声を掛ける浪人と思しき五人連れを避けるように、遠目でちらっと見て足を早めていく。

西の空が茜色に染まり始めた。波龍も先ほどから五人連れの素性は言葉遣いからすると侍崩れの浪人者と判断した。

見れば着物も垢じみている。たかりでその日その日を暮らしているのだろう。波龍も絹春もこの程度のたかりには慣れている。二人は無視することにした。江戸で多くの修羅場を経験しているだけにさして驚くこともない。五人連れは無反応の二人に苛つき始めた。その中の一人が早足に二人の前に回り込んだ。

いずれ難癖をつけてくることは何時ものことで分かっていた。

「どうして黙っているんだい。何とか言ったらどうなんだ。拙者たちはよか女子に酌を頼もうと声を掛けたまでよ」

言い訳がましい言葉を吐いてきた。

「わたしは酌婦じゃありませんので。酌ならどこぞの色街へお行きなさいな」

絹春はきつい言葉を投げると波龍に寄り添ってさらに早足に出た。浪人は絹春の口(くち)強(ごわ)を受けて虚仮(こけ)にされたと思ったのか、先ほどからの猫撫で声とは打って変わって待てと声を荒げてきた。

「浪人さん、少ししつこいんじゃありませんか」

波龍は相手を浪人と決め込んで初めて口を開いた。その声は静かな口調ながら相手を威圧するほどの喝破（かっぱ）感があった。

「何？　浪人だと…」五人は五様の体勢で絹春と波龍の前に立ちはだかった。

また、一人が二人の前に立ち塞がった。

「退いておくんなさい。れっきとしたお侍なら無体なことはなさらないはずです。それを無理難題を吹っかけ酌をしろなどと、その後は金子の無心をする。真っ当なお侍ならこんな不道理は通りませんよ。それをごり押しされるようじゃまるでごろつきと変わりはないじゃありませんか…」

波龍は今度は下手から言葉を返した。

「随分とほざいてくれるな。その通りよ、俺たちはたかりの仲間よ。この二本差しに物を言わせてもいいんだぜ。そこまで言うからには覚悟はできているんだろうな」

一人が腰に差している太刀の柄をポンと叩いた。ここでこの光景を星馬左衛門が見たら何という愚か者よ、この御仁には十人掛かっても勝てやしないよと失笑するだろう。

とうとう本性を現してきたか、当人が自らの口でたかりを名乗ってきた。波龍は鍛冶鉄入魂の杖を右手に持ち替えた。左手にはすでに母の念珠が嵌っている。

その時だ。

「待て、その子供」

五人の中で今まで無口だった浪人が怒鳴った。突然の怒鳴り声に波龍も絹春も声が飛んだ方向へ顔を向けた。怒鳴り声に弾かれたように母親と男の子が立ち竦んだ。怒鳴り声と同時に子供は顔を引きつらせて母親の後ろへ回り脅えている。

絹春は事態を波龍に小声で伝えた。事態を理解した波龍は五人連れの相手になってやろうと絹春にそれとなく伝えた。

「そこの子供、武士の魂である拙者の刀に触れたな、そこに直れ」

無理やりな言い掛かりをつけ息巻いている。その浪人は、これも金になると腹の中でほくそ笑んだのだろう。ふらつく足取りで母親に近づいてきた。近づくなり、また も語気も荒く太刀の鯉口を切る仕草を見せた。母親は浪人の剣幕に戦き、ただおろおろするばかりだ。

この騒ぎに野次馬が集まり始めた。しかし浪人の大袈裟な剣幕に恐れをなして誰一人として助けに入ることはできない。

「どうかお許しを、この子はお医者の帰りで薬の加減で身体がふらついていたのでございます。どうかお許しを」

母親は震えながら土下座して何度も頭を下げ許しを乞うている。

「ならぬ、恥をかかされ魂を穢されたとあっては同輩にも面目が立たぬ。この始末、どうつけてくれる」

侍崩れのたかり野郎が武士の魂だの面目だの勝手なことをほざくな。波龍は此奴らの言い草を聞くうちに無性に腹が立ってきた。

手っ取り早い金づるを見つけたと五人は母子を取り巻いた。母子の身形は商家の内儀と息子であるだろう。

波龍と絹春をそっちのけで「この始末はどうつける」を連発して母子に恐怖を与え続けている。仲間の一人がしゃしゃり出てきた。

「お内儀さん、この連れに何がしか置いてもらえれば拙者が取り成してもいいんだが」

暗に金の要求を匂わせてきた。野次馬が増え始めた。南蛮人の姿も見える。

「波龍さん、どうする？　このまま帰る？」

絹春は小声で耳打ちした。波龍は返事の代わりに母子の側へ寄った。その後、波龍はべらんめぇ調で声を投げた。

「浪人さんよ、お内儀と子供に無茶を言っちゃぁいけませんぜ。あっしの感じじゃお侍さん、いや浪人さんの太刀は閂差しでしょう。その差し方は人出の多い往来じゃぁ誰にでも当たりまさぁ。喧嘩を売るために差してんじゃぁねぇんですかぃ。その後のことは素人のあっしにもわかりますぜ。何ならおめぇさんのその喧嘩をあっしが高く買いやしょうか」

「何を」五人が一斉に吠えた。

波龍は浪人から「おめぇ」に呼称を変えた。その程度の人間と見たのだ。波龍の投げた買い言葉に五人連れも驚いたが野次馬はなおのこと驚いた。歌舞伎じゃぁあるめいし、あの剃髪の男はどうかしているぜ。江戸者らしい二人連れが小声で話している。二本差しもなく、まして目の不自由な身体でどうやって戦うのだ。誰もが波龍の言葉に自分の耳を疑った。波龍の過去の戦歴を知らない者なら当然だ。五人連れの目と野次馬の目が一斉に波龍に集中した。

絹春は表情一つ変えることも無く波龍の側を離れて母子の側に寄り添った。二人を自分の背後に庇った。待て、そこの女、余計なことをするな、それともお前も切られたいか。勝ち誇った表情で怒鳴った。浪人の言い草を意に介するような絹春ではない。

「大丈夫でしょうか?」母親が恐怖を隠しきれない表情で絹春に小声を掛けた。

絹春が母子を庇う様子を見た一人が太刀の柄に手を掛け鯉口を切ろうとした刹那、雪駄の擦り音、着物の衣擦れ、太刀の鍔音が波龍の聴覚から逸速く全神経に集中した。浪人の一人がすーっと四人から離れたと同時に鯉口を切ってまさに抜刀しようとした。その時だ、持ち替えていた杖の柄で浪人が太刀の柄に掛けた右手首をしたたかに打ち砕いた。

浪人は太刀を抜くと同時に「うーっ」と呻くように一言発して、その場に右足から崩れるように片膝ついた。顔は痛さのためか苦渋の表情を浮かべ波龍を下から恨めしそうな顔色で睨み上げている。しかも右手首を砕かれているので反撃することすらできない。浪人は侍の意地があるのだろう。ひたすら痛みに耐えるのが精一杯である。野次馬が一斉にウォーと声を上げた。波龍が放った一撃への敬歎(きょうたん)の声である。

波龍は雪駄の擦り足ですでに五人だと分かっていた。今一人を倒した。残りは四人だ。しかし侍崩れとはいえ、どれほどの遣い手か皆目見当がつかない。波龍は素早く頭の中で戦法を組み立てた。

次に突っ込んできた奴の首筋を狙う。首筋を打てば命には別状はなくとも相当な痛手を与えることになる。この様子を三人が目撃すれば少なからず怖気づくことは間違いない。四人が一斉に抜刀した。野次馬の輪が大きく波打つように後ろへ崩れた。絹春も母子二人を野次馬の後ろへ遠ざけた。絹春は帯の間から組紐を手に移した。

波龍は片手八双の構えを取った。左手は懐に入れたままだ。

「きさま」怒声と同時に一人が切り込んできた。「あっ」野次馬の悲鳴が散った。切り込んできた浪人の怒声が波龍に味方した。怒声で浪人との間合いが摑めた。太刀の切っ先が突きにきた。波龍は半歩退くなり無言のまま右上段から斜めに杖を振り下ろした。

「ぐぁっ」荒れた声が小さく糸を引くように浪人は倒れ込んだ。あっという間に首筋は腫れ上がり、左肩が変形したように盛り上がっている。鎖骨が折れたのだろう。浪人は太刀を杖に立ち上がろうとするがよろけるだけで再び倒れ込んだ。

残る三人の浪人と野次馬は神業とも思える波龍の杖の強さに驚愕の表情を見せた。最早、野次馬も残る三人の浪人も波龍の桁はずれた強さを信じるしかなかった。波龍の杖は肉は切らずとも骨を砕くほどの威力を秘めているのだ。

三人は抜刀したまま後退った。波龍は三人の雪駄が地面を摺りあう音に聴覚を集中した。波龍は一歩退った。相手の一人が波龍の動きに合わせるように一歩前に出た。

これが波龍の作戦だ。一歩退がると相手は一歩前にでる。残る二人との間隔は二歩開くことになる。相手は波龍が一歩退がったことで隙を見つけたと思うはずだ。案の定、突きに出た。薄い網膜に太刀の切っ先が映った。波龍は上体を右に一尺余り寄せると見せて左に半歩寄るや、杖を相手の胴に右から水平に叩き込んだ。

「ばしっ」と肉を打つ小さな音が辺りのざわめきの中へ飛んだ。相手は有無を言わずその場にどさっと前のめりに崩れ込んだ。多分、腹の中はかなりの出血だろう。崩れた際に血反吐が飛び散った。

波龍の杖法は切り口がなく血を見ないだけに凄惨さはない。それだけに野次馬は一人として立ち去ろうとはしない。母子も寄り添って絹春の側で成り行きを見守っている。

「もう大丈夫よ。あの方は元はお侍で悪者には滅法強いのよ。江戸では剣術の道場で師範代を務めているのよ。江戸では知らない人はいないのよ」

絹春は母子を安心させるために波沼龍之伸の素性を小声で明かした。

波龍は残った二人の姿が頭の片隅を過った。そう思ったことが不覚だった。体勢を立て直そうとした。心の隙を衝かれた。その刹那、一人が小柄を投げた。波龍の左腕に突き刺さった。鮮血がポタポタと地面に散った。絹春は波龍の側に駆け寄るなり小柄を抜いた。血が噴き出した。絹春は波龍の左腕から小柄を抜き取るや否や、投げてきた浪人の右足に投げ返した。組紐の投げで鍛えた腕は確かだ。浪人はその場に崩れ込んだ。

波龍は痛さによろけた。その隙に残る一人が太刀を振り下ろした。絹春も母子も野次馬も不意の攻撃に「あっ」と顔を背けた。

波龍はやや反身になりながらも太刀を杖で受け止めた。小さな火花が太刀と杖の間に飛んだ。なんだあの火花は…野次馬の目が確認していた。

その刹那だった。浪人は「ぐぅっ」と奇声を発して二、三歩後退るや太刀が手から落ちた。両手で顔を覆った。覆った手の指の間から鮮血がポタポタと腕を伝わって地面に落ちた。何が起きたのか波龍はもちろん、絹春にも浪人たち、野次馬にも分からなかった。

駆け寄った絹春が見たものは「あなた…」杖を指差した。

それはまさに奇跡というほかに表現のしようのない光景がそこに存在した。

波龍が鍛冶鉄の息子、留吉を助けた礼にと鍛冶鉄が精魂込めて鍛造した鋼の杖に巻きつけた木綿糸ほどの細い鋼線が太刀の刃と交差した刹那、今や遅しと出番を待っていたかのように、その鋼線数本が切れた。それは恰も命を吹き込まれた生き物のように一気に弾け解けて浪人の顔面をばしっと直撃したのだ。

波龍の手に残った杖には、先ほど解けて役目を終えた鋼線がしだれ柳の細い枝にも似て地面を這うように揺れている。

波龍の凄さを見せつけられた浪人たちはその場に四人は地べたに、放心状態で横たわっている。残る一人は最早、勝負を挑んでも勝ち目はないものと敗北を認めたのか太刀を地面に置いたまま、首をたれている。

野次馬は誰一人として立ち去る者はおらず、波龍には驚愕の眼差しを、浪人たちには憐みの眼差しを向けている。

「これで血止めを」

助けられた子供の母親が、波龍の傷口を血止めするために帯上げを身体から引き抜き絹春に渡した。

「わたしの店はそこの米問屋の俵屋です。早く手当てをしませんと…」

そこへ通りかかった編み笠の侍が、野次馬から状況を聞いたのか「これを使いなされ」旅の常備薬を差し出し無言で立ち去った。絹春は礼を言う間もなく侍は振り返ることもなくすでに小間物屋の角の辻を曲がっていた。

波龍はその声に記憶が蘇った。あの声は垣坂小太郎だ。その思いを腕の痛みがかき消した。絹春は応急手当てを施し五町ほど先の俵屋へ母親が案内した。内儀が怪我人を連れてきたものだから番頭や手代が何事かと騒ついた。店の主人も不審顔で奥から現れた。

「早くお医者さんを…」

内儀の声に手代が医者を迎えに走った。

内儀は医者が来るまでの間に事の顚末を主人に話した。

主人は波龍と絹春に幾度も頭を下げ礼を述べた。

店の前が急に騒々しくなった。野次馬が波龍の姿を一目見ようと店の中を代わる覗き込んでは立ち去っていく。波龍の強さはあっという間に長崎の市中に広がっていった。

あの騒動から数日が経った。波龍の傷も手当てが早かったのか順調に回復していった。

見舞いに訪れてきた俵屋の主人は、息子を助けてもらった礼に何なりと言ってほしいと頭を下げた。

波龍は杖の鋼の糸が切れたことを告げ、出来れば杖を補修したいので鍛冶屋を紹介してほしいと頼んだ。主人はたかが杖を補修するのに何故鍛冶屋が必要なんだろうと訝った。波龍は経緯を話した。納得した主人は長崎一の鍛冶職人を二日後に連れてきた。鍛冶職人は波龍の杖を一目見るなり「すごかですね。これだけの鋼の杖を作った職人さんの心意気に感服します。できるかどうか一生懸命やってみましょう」鍛治職人は貴重なものを預かるように持ち帰った。

米問屋俵屋の主人は当面お困りでしょうからと木製の立派な杖を翌日、手代に届けさせた。傷は順調に回復していった。やがて一ヶ月が過ぎようとしていた。

明日、眼科医南斉一之元の医宅へ行くという前日、一通の書状が江戸から届いた。星馬左衛門からだ。江戸の近況に添えて長崎での波龍が遭遇した五人連れとの騒動が、すでに江戸へ伝わっていることも記されていた。

長崎の眼科医を紹介した薬種問屋の主人が江戸へ出張ったときに問屋仲間に、貴殿の凄さを話していたとも記されていた。末尾に見知らぬ土地故、何かと入用があるだろうからと為替が同封してあった。

波龍も絹春も感謝した。懐かしい気持ちが二人に江戸を思い出させ、何度も波龍に読み聞かせた。波龍は折り返し星馬左衛門宛に口述で絹春に近況を記してもらい送った。書状の一行に「今度、貴殿に再会するときは自らの目で拝顔できることを胸に治療に励みます」と併記した。

診察の当日がきた。七月の長崎は快晴に恵まれていた。波龍も絹春もかつて経験したことのない緊張感に包まれていた。波龍はそれ以上に一抹の不安が胸中に渦巻いていた。万に一つの失敗だ。わずかに残っている薄い光明も、失敗すれば永遠に暗黒の世界に閉じ込められてしまうかもしれないからだ。今になって躊躇する気持ちが湧いてきた。「大丈夫だ、大丈夫だ」と自ら言い聞かせた。それでも不安は払拭しきれない。どうすればよいのか、母上さま、龍之伸をお守りください。胸の中で毎日、呟きつづけた。その夜、夢を見た。龍之伸、あなたを救えるのはあなたの心です。わたしと心を一つにして頑張りましょう。夢の中で母の温もりの手が龍之伸を抱きしめた。

南斉の医宅は出島の近くにあり、目の治療を受ける患者が引きもきらず訪れてくる。波龍と絹春が南斉眼医宅を訪れると治療待ちの患者があっ、と声を発した。先日の大立ち回りを目の当たりにした町人だ。

南斉一之元には薬種問屋の主人から波龍についての環境など、すでに書状に認められ送られており詳しい診察が行われた。初診は一刻も掛けて行われた。

「あなたの目の病は良性の病であり、期限を切らずに治療しましょう。必ず見えるようにしてあげます。ただし、十ヶ月から一年は当地に逗留して治療に専念するだけの覚悟を持っていただかないと…」

これで目が見えるようになる。思いがけない南斉の言葉に波龍の目から大粒の涙がこぼれた。

母上さま、吉報です。心の中で感謝を伝えた。絹春もこれまで高名な眼科医といえども半信半疑だった気持ちが一気に崩れ去った。嬉しさのあまりどっと涙が溢れた。

「あなたよかったわね」絹春の声がわなわなと震えている。

絹春は無意識のうちに波龍を「あなた」と呼んでいた。絹春の気持ちの中ではすでに波沼龍之伸の妻になっていた。

「お内儀、これからの治療はお内儀とご主人の力が一つにならなければ、うまくいくものではありません。わたしも一緒に頑張ります。これからさらに詳しく検査をした上で治療を始める日を決めましょう」

二人にとってはいまの南斉の言葉は天の声に聞こえた。

「長い治療になります。宿屋では何かと金子もかかり、その上不便なことも多いでしょうから、わたしの医宅の近くへ引っ越されてはどうかな」

南斉の助言で数日後、宿屋を引き払い医宅と同じ町内へ引っ越した。一軒家に引っ越してきた二人を見た近所の住人は夫婦者と勘違いしていた。絹春にとっては嬉しい勘違いであった。

数日して南斉から明日、午の刻九つ半に医宅に来るようにと使いが来た。

「いよいよ明日ね。新しい門出になるといいわね」

絹春はとうとう来る日が来たことに不安と希望の入り混じった複雑な気持ちで波龍に声を掛けた。

「絹春さんには言葉では返せないほどの世話をかけて感謝しております。本当にありがたいことです」

波龍の目に感謝の涙が浮かんでいた。気持ちの中も厚い感謝で占めていた。

その夜、行灯の光を消してからも二つ並んだ布団の両側から、二人のこれまでの歩んできた日々の思い出話は尽きなかった。

波龍は雨戸の隙間から差し込む薄い薄い朝日で目覚めた。あと数刻で自分のこれからの運命が変わると思うと気持ちが高揚すると同時に不安もあった。

今日を吉の境として、全てを南斉先生にお任せしよう。武士の心が蘇っていた。長崎へ来てから昨日まで心の中に靄っていた霧はきれいに晴れていた。

絹春は神棚に灯明を上げ全快を祈願した。

朝餉を終え茶をすすっていた波龍の耳に、庭先からチュンチュンと小雀の囀りが聞こえてきた。波龍の脳裏に生きることを教えてくれた幼年期の小雀の存在がまざまざと蘇ってきた。失明して奈落のどん底を彷徨っていたときだった。舞い込んできた小雀が波龍の手を啄んで勘と心眼を教えてくれた。あの時の小雀と同じ鳴き声だ。

「今日は晴れやかな表情ね」絹春が声をかけた。波龍は生きることを教えてくれた小雀の話を絹春にした。絹春は小雀ちゃんにも感謝しなくちゃぁねと、波龍の耳元に囁きかけた。

午の刻九つ半、波龍は絹春の介添えで医宅を訪れた。南斉は二人をにこやかに迎えた。通された治療部屋は初診の時と違っていた。多くの治療道具が整然と並んでいる。

「波沼さんはこちらへ。お内儀は別の部屋でお待ちください」

南斉は助手に命じて絹春を別部屋へ案内させた。部屋には初めてみる南蛮の風景や南蛮人の生活絵が掛かっている。異国へ来たような妙な気持ちにさせられた。絹春は絵から目を離すと、波龍との出会いから今日までのことが脳裏を鮮明に駆け巡り始めた。

「御新造様、どうぞ」

助手の呼ぶ声に我に返った。絹春は御新造と呼ばれ、その言葉にどぎまぎした。別部屋で待つこと一刻が過ぎていた。一刻の間に絹春は薄い夢の中を思い出を道連れに彷徨っていたのだ。連れて行かれた治療部屋では波龍が治療台の上に横たわっていた。右眼に眼帯を付けている。

「今日は右の眼を治療しました。左の眼の治療は右眼の具合を診た上で決めましょう」

波龍は右眼が完全に暗黒の状態になったことを悟った。そのときは眼帯のせいであることが分からなかったのだ。左眼はこれまでどおりに薄明かりが感じられるが、もしこのままだと再び不安が募り始めた。左眼の治療が始まるまでの来る日も来る日も不安だけが頭で渦巻いていた。不安な日が八日も続いた。明日、左眼を治療すると使いが来た。

当日、波龍の心境は複雑だった。右目は治療以来、暗黒の世界のままだ。

「如何かな」「えぇ…」

南斉の問診に波龍は「えぇ」としか応えられなかった。南斉は眼帯をはずした。波龍の右眼の前に南斉は自分の指を二本立てて左右に動かした。波龍の右眼の黒い部分が指の動きにつれて少しずつ動いた。

しかし治療を終えた右眼には治療前と殆ど変わらない薄い光しか感じない。波龍は落胆した。その表情を見た絹春は声の掛けようがなかった。波龍は何も喋らない日が何日か続いた。あれほど、江戸で悪者と対峙したときの波龍の凛々しい姿はどこにもない。ただあるのは魂の抜けたような腑抜けた波龍の姿だ。絹春は自分だけでも明るく振る舞うことで、波龍に少しは安心感を与えられるのではないかと近所の出来事を面白く話した。

明日、医宅に来るようにと使いが来た。暗い気持ちで聞いた波龍の眼に突如、赤い光が走った。赤い光は錯覚だった。視界の中に自ら周囲の景色がおぼろげながら入ってきた。

「絹春さん、見えた、見えた、見えたんだ」波龍の大声が突然部屋中に響いた。夕餉の支度をしていた絹春はあやうく包丁を落とすところだった。

「何が見えたの？　大きな声を出したりして」絹春は前掛けで手を拭きながら厨から出てきて不審な表情で波龍の横に立った。

「ほら、あれだよ。仔猫が二匹見えるだろう」

波龍が指差した庭先に確かに二匹の仔猫がじゃれている。波龍の眼が開いたのだ。

「本当に見えるの？」

「本当だよ。あの仔猫は三毛でしょう」波龍は庭先の仔猫を指さした。

絹春は半信半疑で問いかけた。その半信半疑は吹っ飛んだ。

「あなた良かった。本当に良かった」そうしか言えなかった。

絹春の声は嬉しさで涙声になり震えている。

「少し霞んで見えるが夕焼けも赤く見えるし、山の形も見えますよ」

波龍は眼が回復したことの実感がじわっと全身に湧いてきた。奇跡としかいいようがない出来事だ。赤い光、それは夕焼けだった。波龍が光を失ってから待ち焦がれていた初めての明かりだ。

明日、左眼の眼帯が取れる。両眼で世間を見る日も近いことに、昨日までの暗い気持ちから一転して自信を深めた瞬間だった。

「絹春さん、ありがとう。ちょっとこっちに来て」

部屋の隅で涙を押さえていた絹春を呼んだ。絹春はそっと波龍の前に立った。

波龍は生まれて初めて見る絹春の容姿に息をのんだ。美しい姿に胸が高鳴った。よもやこれほどまでに美人とは思ってもみなかった。この女性がこれほどまでに自分のことを思って眼科医を探し、治療のために本州からはるばる海を渡って長崎まで同行してくれた。

波龍は暮れ行く夕焼けを見ながら出会いから今日までのことを思い起こしていた。感謝の気持ちが胸を突き上げ涙が留処なく頬を流れた。ありがとうを何度も何度も心の中で呟いた。この時、波沼龍之伸は絹春、否、春を一生の伴侶とすることを深く誓った。

当日、眼科医南斉宅を訪れた波龍は開口一番、

「先生、眼が見えます。先生の顔が少し霞みますが見えます。嬉しいです。ありがと

うございます」

波龍は少年のように率直に気持ちの中を伝えた。絹春は無言で頭を下げた。目頭が熱くなっていた。

「もう大丈夫ですよ。あとは時間をかけて完全に治しましょう。今日は左眼を開眼させましょう」

南斉は慎重に眼帯を取る手はずを助手に説明した。もう波龍に不安はなかった。眼帯は取られたがまだ何も見えない。南斉は右眼のときと同じように左眼の様子を診た。

「波沼さん、大丈夫ですよ。右眼と同じように左眼も快方に向かっています。あとは根気よく完治するまで月三回来てもらいます。一年もすれば九割がたは視力を取り戻せるでしょう」

南斉は明るい声で約束した。話し掛けるその声は自信にあふれ、波龍と絹春はその言葉によって胸中に病に勝ったという思いが滾（たぎ）った。

「今度、検診に来られるときは杖に頼らないで歩く訓練のつもりで来てください。お内儀もそのつもりで同道してください」

波龍は南斉の言葉を聞いて杖を手放す寂しさと、これから世間並みの生活に戻れることに複雑な心境であった。このとき、波龍は今度は絹春のために己が杖になることを心に強く誓った。

波沼龍之伸はこの夜、自らの目でしっかりと文字を捉え星馬左衛門に書状を書いた。長崎へ来てからすでに五ヶ月を経過していた。両眼が快方に向かっていること、絹春の容姿があまりにも想像以上に美形であったこと、江戸とは違う異国情緒などを細かく記した。

やがて一年半が過ぎようとしていたある日、南斉の診立てでこれ以上治療の必要はないだろうと告げられた。波龍と絹春にとっては待ちに待った嬉しい宣告であった。

南斉の言葉尻から波龍は長崎での一年半を顧みた。あまりにも色々なことがあった。それだけに感慨も一入(ひとしお)である。暗い世界から生還した者にしか分からない感動と感激が洪水の如く胸中に湧き上がってきた。

「あなたよかったわねぇ」絹春はさらっと事もなげに普段の呼び慣れた波龍さんからあなたと自然体で呼んでいた。喜びの渦が絹春の胸中でも舞っていたのだ。

「あなた」と呼ばれたのはこれで三度目だ。波龍はドキッとしながらも錦絵から抜け出てきたような絹春から「あなた」と呼ばれることに誇らしささえ覚えた。

絹春も「あなた」と呼んだことに気づいたのか顔に小さな紅が散った。波龍はその紅を見逃さなかった。一気に愛おしさが胸を衝いた。

いずれは国許へ帰り仕官をした折には、絹春は然るべき武家に養女として入り、其処から嫁として迎えることになるだろう。波龍は絹春の横顔に目を遣りながらそんな思いが脳裏を過った。

翌朝、米問屋俵屋から本日酉の刻暮れ六つころに二人で本宅まで来てほしいと使いが来た。俵屋はさすがに大店としての風格があり、番頭、手代、小僧、小女など合わせて十数人を抱えた大所帯である。通された広間は三十畳はあるだろう。床の間には高名な画家が描いたのだろう、山水画が掛けてある。掛け軸が立派なら、すでに用意された配膳の上には山海の馳走が並べられ客の出番を待っている。

床の間の掛け軸に劣らぬ太刀、小太刀が刀掛けに掛けてある。床の間と並んで衣桁には半袴と小袖、別の衣桁には小紋の女物着物がそれぞれ掛けられている。すでに先客が来ている。南斉先生だ。

彫金細工で仕上げられた豪華な蜀台が広間の要所要所に置かれ百目蠟燭が辺りを明るく照らしている。

「さぁさ、こちらへ」主人が二人を上座に案内した。

「わたしらはこちらで」波龍は下座を指した。

「それではわたしの気持ちが済みません。息子を助けていただいた上に波沼様には大変な怪我までされてあの時、助けていただかなければと今思うと身が縮まる思いで…」

　主人は一年半前を思い出したのかしばらく目を宙に向けた。

「それにしてもお内儀と揃って並ばれると波沼殿もまるで歌舞伎役者のようですなぁ」

　南斉は医者とは違う表情で目を細めて二人を交互に見た。

　絹春は南斉にお内儀と呼ばれ頬に紅が走ったが、行灯の明かりと同化して誰にも気づかれることはなかった。酒肴に話が弾み最後は波龍の武勇伝に行き着いた。

「波沼様、失礼は重々承知の上でお願いしたいことがございます。波沼様はここにおいでの南斉先生の医術で治療を受けられ開眼されました。江戸に戻られた折にはいずれはお侍として一家を成されることと存じます。息子を助けていただいたお礼といえば失礼ですが、長崎を発たれるときから武士としてのお姿で発っていただけることを、わたしも南斉先生も願っております。そうでございましょう、南斉先生」

　俵屋の主人はすでに自分で決めておきながら、南斉に強く同意を求めた。そこには波沼龍之伸が仕官することへの期待があった。

「わたしもお侍姿の波沼殿を見送ることができれば、医者としてこれ以上の喜びはございません」

　二人の会話を聞いて絹春は波沼龍之伸の凛々しい侍姿を脳裏に描いていた。そしてその夜は遅くまで江戸から長崎への道中、お互いの生い立ちに話は尽きなかった。

数日後、長崎の港に開眼した波沼龍之伸の侍姿があった。半袴に小袖、腰には大小の二本差しが、正に武士そのものである。髷はまだ結うことはできない、編み笠を用意した。

これはすべて米問屋俵屋の主人が息子を助けてもらった礼にと整え、波沼龍之伸に贈ったものだ。また、波龍の側に立つ絹春も長旅を考えて小袖、手甲に脚絆、白足袋に草履と、芸者姿とは全く違う絹春がそこにいた。手には波沼龍之伸の不要になった鋼杖を息杖として持っている。

明日出立という前夜、俵屋の主人が息子を伴って訪ねてきた。

「波沼様、江戸への船旅は長ごうございます。途中、大坂で下船されて浪花見物をなされてはと、お節介を承知で浪花見物の手配りをさせていただきました」

俵屋の主人は旅籠から世話人まで浪花見物に必要なことの全てを書状に記していた。

大坂港には俵屋の主人の義弟が出迎える手筈になっているという。

俵屋主人の手配りによって海路長崎港から福岡、赤間関、広島、明石の港を経て大坂に着いた。出迎えてくれた俵屋主人の義弟は天神橋の旅籠へ案内した。波龍と絹春は気ままに浪花見物をしたいからと、翌日迎えに来た義弟の案内を丁重に断った。

その日からはじめての浪花見物を始めた。見るもの、食べるもの全てが江戸とは大違いである。中でも食べ物の味は江戸の濃い味にくらべ薄味である。数日の浪花見物を楽しんだ。明日は大坂を離れるという日、二人は天王寺へ詣でた。参詣を終え茶店で休んでいるところへ「ちょっとよろしゅうおますか？」四十絡みの男が声を掛けてきた。

大坂には俵屋主人の義弟を除いては知り合いはいない。波龍にも絹春にも全く見覚えのない男だ。

「どちらさんで…」怪訝な表情で絹春が問い返した。

「間違うとったら堪忍しとくんなはれや、二年前の春のことだす。わてら仲間三人連れで江戸見物に行きました折に浅草の居酒屋はんで、えげつない浪人はんとごろつきが理不尽な言い掛かりをつけてきましたやろ。そのときもう一人のお侍はんと一緒にそいつらを成敗しはったときのお方と違いまっしゃろか？　違ごうとったらほんまに堪忍しとくなはれ」

男は絹春をちらちらと見ながら再度波龍の顔を覗きこんだ。男は今の波龍は剃髪ではないだけに半信半疑で声を掛けてきたのだ。

「するとあのときの三人連れの一人で…どこかで聞いた声だと…思い出しました。上方弁で分かりましたよ」

波龍の言葉に男の表情がどっと安堵に変わった。

「これはほんに懐かしいことで…」

男は杖に代わって二本差しの侍姿を改めて見直し再び怪訝な表情に戻った。

男の怪訝な表情に絹春が事情を説明した。

「それはおめでとうさんで、よろしゅうおましたなぁ。なんぞわてにもお祝いさせてもらえませんやろか、あの二人にも声を掛けますさかいに」

「ありがたいのですが、明日、大坂を出立しますので気持ちだけいただいておきます。もし縁があればその折に…」

波龍は丁重に断った。しかし男は「せっかく会えましたのに、ほんまに残念や残念や」と未練がましく繰り返す。そろそろ旅籠に帰ろうと波龍は絹春に目で合図した。

「お勘定を」絹春は小女に声を掛けた。その声を遮るように奥の床几からだみ声が飛んできた。

「おい、おやっさん、これはなんじゃい。茶に虫が入っとるやないけ、こんな茶を客に出してどうするつもりじゃい」

大坂の男はまたかという風に顔を曇らせた表情を波龍に向けた。表情の裏には江戸浅草の居酒屋での波龍の強さを見知っているだけに、茶店の主人を何とか助けてやってほしいと目で訴えていた。

「おやっさん、この落とし前はどうつけるんじゃい」言いざまガチャンと茶碗を土間に叩きつける音がした。その音に、他の客がギクッとのけ反るように席を立った。

大坂の男は波龍の耳元へ「この辺りのごろつきで難癖をつけては金をせびるどうしようもない嫌われ者だす」と小声で告げた。

「落とし前はどうつけるんじゃい」

辺りの客までも威圧するように再び濁声が飛んできた。濁声と一緒に茶店の主人の手首を摑んでごろつきが店先に出てきた。五尺そこそこの男だが腕っぷしは太く胸板も厚い。体の割には腕力がありそうだ。その腕力を武器に脅しをかけて金をせびっているのだろう。この騒ぎに茶店の客は関わりたくないのだろう、茶代を払ってそそくさと出て行った。

「これで何とかご勘弁を」主人の女房が小さな紙包みを渡そうとした。その時だ。

「そんなごろつきの碌でなしに渡しちゃいけませんぜ」

波龍が凛とした声で制止した。その声に店を出ようとした客が波龍を振り返った。振り返ったのは客だけではない。主人もごろつきも同時に振り返った。

「わしに言うのか」ごろつきは目をぎょろつかせ声を怒らせて返してきた。

「お前さんに言う以外に誰に言うんだい。ごろつきはお前さん一人だけじゃないか」

ごろつき呼ばわりされた男は主人を突き放すなり波龍に向き直った。

「おめぇ二本差しなんか差しやがって、そのくせ髷がねぇじゃねぇか。役者崩れの侍の偽者か。腰の二本差しは錆で抜けねぇんじゃねぇのか」ごろつきはよほど自分の腕力に自信があるのか言いたい放題だ。

「じゃぁ錆があるかどうかお前さんの首を刎ねてみようか」波龍は太刀の鯉口を切った。ごろつきは、まさか本物の侍だとは思っていなかったので波龍の行動に身体を強ばらせた。しかし波龍は抜刀はしなかった。

「髷があろうがなかろうがそんなことはどうでもよい。お前のたかりが気に食わねぇんで声を掛けたままでよ。たかりなんぞやめて真っ当に生業(なりわい)をもって世の中渡った方がいいんじゃねぇのか」

波龍も伝法口調で突っ返した。ごろつきは身体を強ばらせながらも波龍が抜刀しなかったことで気を取り直したのか、再び虚勢を張りはじめた。

「何を抜かしてけつかる、刀もよう抜かんくせして、わしにはわしの遣り方があるんじゃ。怪我をせんうちにそこの嬶(かかあ)とお手手繋いで消えてけつかれ」

「忠告ありがとうよ、そこの蛆虫を始末したら、言われなくても消えるさ。蛆虫ったぁお前のことだよ。よく覚えておきな」

大坂の男はごろつきが波龍の強さを知らないとはいえ、あそこまで雑言を吐いたからには相当な痛みを受けると思った。

やおら床几から腰を上げた波龍は絹春から鍛冶鉄入魂の鋼杖を受け取ると、ごろつきの側へ歩み寄った。ごろつきは一歩退がるなり左手を懐に入れた。その仕草は匕首を左手で握り締めている。どうも左利きのようだ。

開眼した波龍にはごろつきの隙だらけの喧嘩腰が分かっていた。先手必打ごろつきの右手を打つ。それだけで左手はまず使えないはずだ。利き手で右手を庇ってくるからだ。匕首など振り回すことはできない。せめて利き手だけは使えるようにしておいてやったほうがよかろうと、これは波龍のごろつきに対する一抹の情である。

波龍とごろつきの遣り取りの渦中にあって、茶店の主人は身を縮こませて小刻みに震えている。同じように震えている女房に絹春は声を掛けた。

「もう大丈夫ですよ。お任せしなさい」

「ほんまに大丈夫だっしゃろか?」

主人が震える声で哀願の表情を交じえて言葉を返してきた。

「あの方は江戸の大きな道場で剣術の師範代を務める大層強い方ですよ。安心してお任せしなさいね」

絹春は女房の小刻みに震える背中を軽く叩いて大丈夫よ、と再び力づけた。女房は両手を合わせ拝むような仕草で絹春に涙目を向けた。

波龍の言動に連れて大坂の男の表情も晴れてきた。波龍と星馬の強さが強烈に脳裏に蘇っていた。江戸見物の折に浅草の居酒屋で遭遇した修羅場を思い出したのだろう。

「おめぇさん、これだけ言ってもわからねぇんですかぇ。たかった金を使ったところでろくなことはないぜ。ましてやお天道様は全部お見通しさ、けっして許しちゃくれませんぜ。その前にあっしが許しませんよ。それでもあっしと勝負するかい？」

波龍はできるだけ無益なことは避けたいと思った。ましてここは江戸とは違い大坂だ。

「よくもまぁ、ごちゃごちゃと御託を並べたもんじゃのう、わしも引き下がるわけにはいかんのじゃ、さぁどっからでもきくされ」

ごろつきもさっきからの大口を叩きつけている手前もあって、後には引けないと虚勢をまたも張り出した。何事かと一人、二人と野次馬が集まりはじめた。

「お兄さんよしたほうがよろしいんじゃないの、勝ち目なんか爪の垢ほどもないわよ。

お店のご亭主に謝ったほうがよさそうよ」

　絹春がやんわりと忠告した。

「女に口を挟まれて引っ込めるか」

　怒り狂っているごろつきは目をぎょろつかせて絹春を瞬時睨みつけた。

「あんさん、やめときなはれ、こちらのお方はそらぁ強うおまっせ。わても一度江戸で見ましてん。やめなはれ言うてんのに。大怪我をするのが落ちだっせ。早よう謝って帰んなはれ」

　成り行きを見守っていた大坂の男がごろつきの側へ寄って声を掛けた。

「端っからつべこべ抜かすな、お前から先に片付けたろうか」

　ほな、やんなはれ、やんなはれ。腕の一本でも二本でも折られたらええがな。折られるだけならまだましや、両手両足切られて達磨みたいになったらどうすんねんと大大坂の男が忠告したが、ごろつきは聞く耳をもたなかった。ついでに言うたげまひょか、あんさんほどのあほは、大坂広しといえでもそうはいてまへんで、こうなると大坂の男も負けてなるものかと言い返す。

　大坂の男は波龍がいつでも勝負を受けると確信したのだろう。強気な言葉をごろつきに突っ返した。

茶店の騒ぎが大きくなるにつれ、あっという間に大勢の人集りができた。大坂の男は側の野次馬に江戸で出会った波龍の武勇伝を講釈師の口真似で喋り始めた。しかし聞かされる野次馬はあまりに調子のよい喋り草に「へぇー、そうだっか？」「ほんまに強うおまんのか？」半信半疑の表情で聞き返すものの目は大坂の男から逸れている。一方ごろつきも考えてみなかった騒ぎに焦り始めていた。脅せば金になるはずが、こんな大騒ぎになるとは思ってもいなかったのだ。往来から茶店の前に集まった大勢の目が、波龍とごろつきの遣り取りを固唾をのんで見守っている。

騒ぎの大きさに茶店の主人は戸惑いの表情で早く揉め事を収めたいと思ったのだろう、先ほど女房が差し出しかけた紙包みをひったくるように取ると「これで」とごろつきに渡そうとした。

「ならぬ」再び波龍の一喝が飛んだ。

どうしても自分の懐に入ると思っていたごろつきだが、この一喝で金は入らぬと思ったのだろう、懐から左手を抜こうとした。波龍はごろつきの動きを逸速く察し、床几から立ち上がると同時に鋼杖の持ち手六寸の部分で、ごろつきの右手首を跳ね上げた。ごろつきは「痛っ」大きな声と同時に左手で右手首を庇う仕草のまま、後ろの床几に尻もちをついた。その拍子に左手に持っていた匕首が床几の角に当たって土間に落ちた。その光景に店先の人垣が一斉に後退った。

無様な格好で床几にへたり込んでいるごろつきに波龍がきつい一言を突きつけた。

「お前さんには匕首なんて似合わないよ、どうしても持ちたいなら、わたしと今一度真剣勝負をしてみるか、どうだ」

波龍の言葉にごろつきは恐怖で顔を引きつらせ頭を強く左右に振った。この一言で騒ぎは収まったと人集りが散り始めた時だった。

「その勝負、わしが買った」

散りかけた人垣の後ろから低く重たい声が飛んできた。一旦、散りかけた野次馬が一斉に声の方に顔を向け足を止めた。

現れたのは身の丈六尺はあるだろう、着流しの大男で腰に二本差しを携えている。形を見ると食い扶持はその日の稼ぎで賄っている浪人のように見える。絹春は波龍に目で合図した。波龍もこんな馬鹿な申し出を受けることはできないと目で返した。

「お勘定はおいくら」

絹春の声を追っかけるように「逃げられるか」怒鳴ってきた。

「剣の勝負は売り買いするもんじゃありませんので、わたしはこれで」

波龍は静かな口調で言うと絹春を伴って茶店を出ようとした。

「待たれぃ、背を見せるとは負け犬も同じじゃのう。二本差しも泣こうというものよ」

浪人は挑発するような口調になり勝ち誇った表情を見せ波龍と絹春を一瞥した。

この遣り取りを見ていた大坂の男は「また、一人犠牲者が出まっせ」隣の男に囁いた。

先ほどのごろつきは浪人の出現の隙にいつの間にか姿を暗ましていた。

絹春が立ち止まった。

「浪人さんとお見受けしましたが、大層な言い草でさぞ満足でしょう。勝負してわたしが勝ったら、その片腕を頂戴してもよろしゅうございますか、わたしが負けたら五十両を出しましょう」

絹春の言葉に野次馬が驚く以上に浪人が驚いた。野次馬はわっと声を上げた。

波龍は絹春の紐投げ術の強さを知っているだけに心配はなかった。絹春の紐が一旦、相手の手首に巻き付けば、あとはその紐を絹春が捻れば相手の手首は完全に折れるだろう。浪人は絹春の一言にあの女は得たいの知れない何かを秘めていると感じたのだろう、さっと太刀の鯉口に手を掛けた。野次馬の中から「危ない」と大声が飛んだ。

野次馬の目が絹春に集中した。錦絵から抜け出てきたような美人で華奢な女があんな啖呵を切って本当に大丈夫だろうか、まして五十両という大金まで賭けて…。無謀としか言いようがないと同情の目で絹春を見た。同情の眼差しの反対にこの勝負を見たいと思うのが野次馬の根性だ。野次馬同士が早うせんかいと小声で喋り合っている。

「浪人さん、ここは天王寺さんの門前ですよ。つまらぬことで汚すことはできません。ちょいとそこの辻のところで決着をつけましょうよ」

　絹春は言うなりすたすたと歩きはじめた。野次馬がぞろぞろと二人の後についた。三十間も歩いただろうか、酒屋と飯屋の間に百坪ほどの空き地があった。入るなり絹春と浪人がさっと二手に分かれた。その時すでに絹春の右手には絹の組紐が握られていた。しかし絹春の武器である組紐に気付く者は誰一人としていなかった。

　波龍は万一の場合を考えて絹春の後ろ七尺のところに位置を変えた。

　野次馬から見ると絹春は素手としか見えない。浪人も素手の女に太刀を向けることに躊躇したのだろうか、太刀の鯉口を切ったまま抜刀する様子はない。そうではなかった。抜刀する余裕を失っていたのだ。それほどまでに絹春の身体から鬼気迫るものが辺りを支配していた。剣の道を知る者のみが感じる静かな殺気だ。

　絹春と対峙した浪人は強烈な殺気を感じていたのだ。あの女は妖気を孕んでいる。たかが女と侮ったことを後悔していた。

　鯉口を切ったまま手が何かに縛られているようで動かない。ここで抜刀すれば自らの敗北に繋がることを悟っていた。しかしこの勝負は自ら仕掛けたものだ。今でこそ浪人に身を落としているとはいえ元は侍、面子がある。背を向けるわけにはいかない。捨て身でいくしかないと自ら気持ちを鼓舞した。しかし後悔の念が頭の中で宙返りするばかりで身体はどんよりと気怠さだけが増幅していく。

両者は十尺の間隔を保って沈黙が続く。太陽が少しずつ西に傾きはじめた。絹春は微動だにせず浪人の手元だけをじっと凝視し続けている。相手が抜刀上段に構える瞬間を捉える。組紐を下手から投げる。浪人の刀を持つ手首に絡まると同時に下方に引き、左手で手元の紐を左に強く捻るように引っ張る。これで相手の手首は相当な痛手を受け太刀は使えないだろう。

絹春は対戦方法を組み立てた。あとは浪人の出方次第だ。互いに睨み合い、刻だけが過ぎる。浪人の額に脂汗が滲み始めた。野次馬も沈黙したまま成り行きを見つめ立ち去る者はいない。

寺の鐘が鳴った。

浪人が動いた。太刀が鞘の中ほどで夕日を受けて光った。絹春はとっさに三尺ほど歩を詰め少し左に寄って組紐に力を入れた。右手から組紐がまるで生き物のようにすーっと伸びた。

「あっ」野次馬が一斉に声を上げた。また鐘が鳴った。野次馬の目の先には信じられない光景があった。白刃が鞘から完全に抜ききらず半分が鞘の中に収まったままだ。太刀の柄を握った右手首に絹糸で編んだ組紐が、傾きかけた夕日の残光を受けわずかに光り、くるっと巻きついている。紐の先の玉も手首の下で傾きかけた夕日の残光を受けて小さな光を放ちながら揺れている。

浪人は前かがみの状態で右手首に絡まった紐を解こうとするが、直線に張った紐は解けない。浪人は左手で小太刀の鞘を払った。紐を断ち切ろうとした。刹那、小太刀が弾かれた。浪人は衝撃で右手首に強烈な痛みを感じた。額からまた脂汗が落ちた。いつの間にか絹春の前に波龍が立っていた。手には長年、生命の友としてきた鋼の杖が握られていた。

「もう馬鹿なことはよしましょうよ、あんたは敗者になったんです。自分の力を過信しましたね。わたしは最初から断ったはずです」

波龍は諭すように声を掛けながら浪人の右手首に巻きついた組紐を解いた。手首には赤いみみず腫れができていた。この時、浪人の脳裏に敗れたという意識と羞恥の念が過った。あとはただ波龍の動作をうつろな目で眺めているだけだった。

絹春と浪人の勝負はものの手拍子五つか六つ叩く間についた。あっという間の出来事だった。浪人が茫然自失に陥ったのも無理はない。満座の中で相手が侍ならまだしも女に敗北を喫したのだ。浪人に身を落としたとは言えども侍の体裁だけは保ちたかったのだろう。二本差しを波龍の前に差し出した。波龍は無言で押し返した。

それでも浪人は自分が負けたら片腕を差し出すと約束したことに気づいたのか、左腕を波龍の前に突き出した。顔面は蒼白に変わっている。覚悟はできているのか瞑目したままだ。波龍は黙ってその腕を仕舞うように押し返した。浪人は絹春に頭を下げた。続いて波龍にも頭を下げた。

「たいしたお人や、売られた喧嘩に勝っても、チャラにしはるなんて、ほんまに偉ろうおすなぁ」

大坂の男が隣の男に話しかけた。

「あんさん、その話やったらもう三回も聞きましたで…」

隣の男は半分迷惑そうな顔で「ほな、お先に」と言い残して立ち去って行った。つづいて他の野次馬も去り大坂の男も「ほな、お達者で」ぴょこんと頭を下げて夕暮れの中に去って行った。波龍は浪人を伴って茶店に戻った。

あとは波龍と絹春、右手首を庇う浪人の三人だけが元の門前町の景色の中に在った。

波龍は絹春の耳元に何か囁いた。絹春は無言で頷くと懐から二両の金子を取り出すと懐紙に包んでそっと波龍に手渡した。

波龍と絹春の仕草を横目で見ていた浪人は、この場から立ち去ってよいものか思案している様子で宙に目を向けたままだ。

「これを…」波龍は包みを浪人の前に差し出した。

「これは…」浪人は金子の包みと分かっていながら怪訝な顔をつくり波龍の手元を見つめた。

「何かの足しにお使いなされぃ」

浪人はそれが金子であることはすでに分かっていた。喉から手が出るほど欲しい金子だ。そのために片腕まで掛けて勝負に挑んだのだ。しかし負けた。それにいまは浪人の身でも本を正せば侍だ。体面もある。欲を隠して押し返した。

波龍は先ほど浪人が抜いた太刀の刀身にうっすらと曇りが浮いているのをみた。武士の魂である太刀、小太刀に曇りが浮いても研ぎ屋に出す余裕がないほど生活に困窮しているのだろう。ひょっとしたら妻子がいるやも…。いたら主人のその日の稼ぎを…。妻は別としても子供は腹を空かせて待っていることだろう。波龍の胸に切なさが波打った。

辺りはすっかり夜の帳に包まれている。

茶店の主人が茶碗を三つ、盆に載せて持ってきた。「どうぞ」それだけ言うと盆を床机に置いて店の奥に戻った。

「主人の気持ちだ。いただきましょう」波龍が誰に言うともなく声を掛けた。持った茶碗から酒の匂いが立った。

「粋なことをする主人だ。この酒で今日のことはきれいさっぱり水に流せと言うことだろう。忘れましょうや」

波龍は茶碗を目の高さまで上げた。つられるように浪人は右手が痛むのか左手で目の高さまで挙げた。その目は穏やかさをたたえていた。

波龍と浪人は一気に呷った。絹春は一口含むと懐紙の包みを浪人の前にもう一度押し出した。浪人の目は金子の包みと波龍の顔を交互に見たが、浪人の脳裏には乳飲み児を抱えた妻と食べ盛りの二人の児の姿が浮かんでいた。頭を深々と下げ押し戴くように包みを黙って懐に入れた。

「拙者の勝手な振る舞い、誠に申し訳ありませんでした。返り討ちにあっても仕方のないところ…」言葉を区切った。瞬時、間をおいて「拙者、訳あって仕官の道も途絶え今は浪々の身…」浪人がなおも語ろうとする口に、波龍は「事情は分かり申した。それ以上は何も申されるな」言葉を挟んだ。

「せめて貴殿のお名前だけでもお聞かせくだされ」浪人は初めて穏やかな表情を見せた。

「いや、名乗るほどの身分でもござらぬ、会うは別れの始めとか、二度と会うこともないでしょう。わたしたちも明日は大坂を発ちます。互いに達者でいることを祈りましょう」

波龍は先ほどの騒動がなかったかのように言い切った。

暮れ六つ半を知らせる鐘の音が聞こえた。気がついてみると辻灯籠や店の軒行灯に灯が入り始めていた。

大坂を発つ日、空はどこまでも青く昨日の騒動がなかったように清々しい旅立ちの朝である。港には俵屋大坂店の主人をはじめ、手代が見送りに来ていた。

「道中お気をつけて」主人の声に送られて乗船した。千石船はゆっくりと江戸に向け針路をとった。

「二年近い長崎での暮らしは短いようで長かったなぁ…」

遠ざかる港を見つめていた絹春に感慨を込めて声をかけた。千石船は凪いだ海面を滑るように海鳥が数羽、別れを惜しむように千石船の後を追う。

「来るときは見えなかった景色が今は見えるようになったのも周りの人たちのおかげですね。感謝しましょうね」

絹春は慈愛の眼差しで言葉を返した。千石船は十数日をかけて駿河湾に入った。

「おーい、富士のお山だ」船子の声に前方を見ると、霊峰富士山が神神しい姿を現している。二人は自然な形で手を合わせた。

次の日、千石船は下田の港に着いた。二人はここで船を下り陸路をとり箱根峠を越して江戸に入ることにした。

「そこのお二人さん、今の峠越えは厳しいよ。駕籠に乗んなせぃ、安くしときまさぁ」

駕籠人足がすり寄ってきてしきりに駕籠を勧める。見れば何となく胡散臭そうな身形である。今流行りの山賊までとはいかなくともどう見ても一癖も二癖もありそうだ。

「いや結構、わたしたちは歩いて峠を越すつもりでいるので」

波龍はやんわりと断った。

「そんな堅いこと言わずに乗っておくんなさい」

一人の駕籠人足が絹春の袖を摑んで強引な態度に出てきた。

「結構です。急ぐ旅でもないので放しておくんなさい」言うなり駕籠人足の手を払いのけた。

「あっ、痛てて…、何をしやがるんだ」駕籠人足は大袈裟な声を上げた。その声を合図のように駕籠人足四人が二人を取り囲んだ。

「こちとらが言うんだ。この峠にゃ恐いものが出るんだぜ。見たところその二本差しじゃぁ相手にならねぇぜ。悪いことは言わねぇから駕籠に乗ったらどうだ」

飛び出す言葉が段々ぞんざいになってきた。

「忠告ありがとうよ」

波龍はきっぱり拒否すると絹春を促してその場を離れようとした。

駕籠人足も波龍との遣り取りに諦めたのか踵を返した。入れ替わるように図体の大きい見るからに悪党面をした二人の男が波龍の前に立ち塞がった。

「悪いことは言わねぇ、乗った方が身のためだぜ。わしらが峠を無事に越さしてやるからよ」

「駕籠賃なんぞはあんたら夫婦にとってははした金だろう」

駕籠人足は執拗に食い下がってくる。その時、「ガサ…ガサ…」杉の小枝が揺れた。山鳥が数羽飛び立った。波龍と人足の間に険難な空気が流れた。道端に咲く紫陽花が少し揺れた。初夏の微風が流れた。それでもあまりのしつこさに波龍の堪忍袋の緒が切れた。

「しつこい」

波龍は怒声と同時に、絹春の手から愛用の杖を取るや群れて咲き誇る紫陽花の花に一撃を入れた。一輪だけが宙に舞った。花弁がぱらぱらと風に吹かれて地面に散った。目の前で見せ付けられた波龍の早業に二人の駕籠人足は後退った。他の連中も「あっ」と言ったきり逃げ腰になった。

「俺でよかったぜ、他の侍だったらお前さんらの首はそこに転がったぜ」

波龍は相手に合わせるようにぞんざいな遊び人言葉を投げつけた。

波龍の早業に驚いたのか木々の枝葉を騒つかせて雀が数羽飛び立った。凄技を見せ付けられた後だけに人足たちはその葉音にぎょっとなった。

「おみそれしやした」先ほどの大男が頭目らしい。詫びを入れてきた。十人ほどいた駕籠人足が一斉に頭を下げた。

「おい」頭目が前にいた人足に顎をしゃくって呼びつけた。

人足が先ほどの高飛車な態度とは裏腹に腰を屈めて恐る恐る一歩前に出た。

「おめぇ相棒と一緒に二人をお送りしな」

「いや、その必要はない。急ぐ旅ではないので」

波龍は言うなり絹春を促して歩き出した。半刻も歩くと二人の目の端に芦ノ湖が見えてきた。まもなく関所だ。近づくにつれて厳しい検査をしているようだ。人溜まりができている。

「騒々しいわね」

「うん、ここの関所は入り鉄砲と出女には非常に厳しいということらしい」

「なに？　入り鉄砲って…」

「江戸に武器として入る鉄砲を取り締まっているのです。出女は不審な動きをする女を取り締まることらしいですよ」

駕籠人足とのいざこざで手間取った波龍と絹春は、途中、箱根権現に立ち寄り長崎から今日までの無事を報告に参詣した。波龍たちの脇では旅の道中の安全を祈願しているのだろう、旅装束の老若男女が引きも切らさず参詣している。参道の茶店には西へ行く旅人、東へ帰る旅人が一時の休息を楽しんでいる。

箱根湯本に着いたときは暮れ六つを少し過ぎていた。湯本は湯治場だけあって町中は大層な賑わいである。道の両側は旅籠屋、茶店、居酒屋、飯屋、揚弓場、土産物屋が軒を連ね、若い女から婆さんまでが嬌声まがいの声でそぞろ歩く湯治客を誘っている。軒を連ねる旅籠屋の店先では「お泊まりは当旅籠屋へ」声を嗄らして女中や番頭が旅人の袖を引く。波龍は馴染みの宿があるからと断った。急ぐ旅でもないので静かな宿を取りたかったのだ。

「あれは…」絹春が指差した旅籠屋の店先で八、九歳くらいの女の子がぽつんと街道を行き交う旅人の後ろ姿を目で追っている。時折口ごもりながら「お泊まりを」童顔を斜め上に向け小声を掛けている。旅人は一瞥しただけで通り過ぎていく。

「早く客をつかまえろ」

旅籠屋から顔を突き出した番頭らしき中年男が大声を張り上げた。今にも女の子の横面を張らんばかりのきつい剣幕である。

「さっさと客をつかまえろ」

さっきと同じ言葉を残して顔を引っ込めた。年端もいかぬ女の子は哀しげな顔色で往来をきょろきょろと見るだけだ。

「あそこにしましょう」女の子の様子を見た波龍は絹春に声を掛けた。

女の子の側に寄った絹春が「あんたの名前は？」突然の呼びかけにきょとんとした表情で絹春と波龍を見上げた。女の子の瞳はあまりにも澄んでおり、絹春はなぜかはっと胸が締め付けられた。

「怖くはないのよ。あんたがとってもかわいいからおばちゃんが声を掛けたのよ。あんたの旅籠屋に泊めてもらおうかと思ってね」

絹春の呼びかけに女の子の顔に小さな笑みが戻った。でもその笑みにも哀しさが宿っていることを絹春は見逃さなかった。

「あたしはあゆと言うの…」

「あゆちゃんね、優しい名前ね」

波龍は二人の遣り取りを笑顔で見守っていた。飛脚が三人を横目でちらっと見て走り去って行った。

「さぁ、行きましょう。あゆちゃんがわたしたちに声を掛けたって言うのよ」

絹春はあゆの小さな手を取った。冷たい手だ。愛おしさを感じた。この子に何か訳がありそうな気がした。

あゆに手を引かれて入ってきた絹春を見た番頭は怪訝な顔で「お泊まりで」ぼそっと呟くと後ろに続いている波龍に目を投げた。その目は胡散臭いものでも見るような嫌な目付きである。

「あゆちゃんがあんまりかわいいのでつい手を引かれて…」

「こちらはお連れさんで」

再び波龍に目を投げ、今度は頭から足元まで舐めるように見て泊まると聞いてか愛想笑いを浮かべた。

　番頭はのっぺりした顔に眉の太いその下の眼は凹んでおり、鼻は鷲鼻でまるで意地悪さが顔面に染み出ているようだ。年端もいかないあゆにも辛く当たっているのだろうことは、その人相で想像がついた。

「すすぎを早く」番頭が奥へ声を張り上げた。旅籠屋に入ってからもあゆは絹春の手を放そうとはしない。よほど辛い毎日を送っているのだろう。あゆは絹春に心を許したのか、幼心にも母親への恋しさを絹春に託しているのか、いずれにしても母への慕情が津波のように気持ちを占拠したのだろう。

「あゆ、ぼやぼやしないでお客さんを部屋へ案内しなさい」

　番頭がまた叱りつけた。

　絹春は番頭に心付けを渡した。途端に番頭の顔色が変わった。「こりゃどうも」意地悪そうな顔相に陰のある笑いを作ってぴょこりと頭を下げた。

　山間の日暮れは早い。帳が旅籠屋を包み始めた。女中が行灯に灯を入れに来た。

「女中さん、ちょっと女将さんを呼んでくださいな」

　心付けを握らせた。女中は番頭同様に愛想笑いを作って下がって行った。

「あゆちゃん、今夜はおばちゃんと一緒に寝ようか、今、女将さんに頼んでみるね。

ねぇいいでしょう」

　絹春は愛しそうにあゆの頭を抱き寄せあゆの頬に自分の頬を合わせた。そして波龍に同意を求めた。波龍は即座に「あぁ、いいとも」二人の話をじっと聞いていたあゆの瞳が輝いた。

「お呼びでございますか？」

　障子を引きながら女将が中腰で顔を出した。

「ちょっとお頼みしたいことがあって。実はわたしにもあゆちゃんと同じ年頃の娘がいましてね、事情があって二年余り会っていませんの。あゆちゃんに会ったら娘に無性に会いたくなって、そうは言っても箱根と江戸ではまだ数日は会えません。今夜はあゆちゃんと一緒にいさせてもらえませんか？」

　あゆは絹春と女将の話をじっと聞きながら、おばちゃんと一緒にいたいと心の中で手を合わせていた。

　絹春の後をとって「これは少しですが」波龍はむき出しの二拾文を差し出した。効き目はてきめんだった。

「それはお寂しいことで…。あゆさえよければ一晩と言わず二晩でも三晩でも」

「じゃぁ今夜から食事も一緒にしてくださいね」

「えっ、食事もですか?」

女将はちょっと渋い顔色を見せた。

「わたしもあゆちゃんを娘と思ってお願いしたことですから、あゆちゃんの宿賃はもちろんわたしの方で払いますから」

「それはどうも」

女将の顔は途端に満面の笑みに変わった。その裏の顔に欲を張り付かせて「お似合いのご夫婦で」愛想言葉を残して下がって行った。

「あゆちゃん、よかったね」波龍が優しい言葉を掛けた。

「おじちゃん、おばちゃんありがとう」

あゆは正座して小さな頭を下げた。気のせいかあゆの瞳に涙が宿っているように見えた。

波龍と絹春の行動に旅籠屋の主人はもちろんのこと、番頭や女中、下男までが驚いた。女中の梅に至ってはあの夫婦は人買いに間違いないと言い張った。そして早く番屋に届けた方がよいと言い出した。

その夜はあゆを真ん中に川の字に床をとった。波龍は初めての経験で戸惑いを感じた。これが現実であればどれだけ嬉しいことか気持ちが高ぶって中々寝つけなかった。

あゆはこれまでの気疲れが出たのか小さな寝息の中で突然「お母ちゃん」母を呼んだ。夢の中で母を恋しがったのだろう。絹春は小さな手を握りしめた。温かい手だ。この子には何か事情があるのだろう。あゆの風情に心が痛み涙が顔を濡らした。

そしてあゆにとって夢のような三日はあっという間に過ぎた。

明日は江戸へ出立という夜「おばちゃん明日は江戸へ帰るの？　江戸は遠いの？」あゆは消え入るような小さな声を掛けてきた。幼顔にはっきりと別れを悟った哀しさが滲んでいた。

「えぇ…」絹春はそれしか言えなかった。それはあゆに三日も情けを掛けたことで絹春の心は一抹の痛みを感じていた。波龍は絹春とあゆの心中が分かるだけに、どちらにも声を掛けることができない。

今の自分の立場を幼心に悟ったのか、あゆは二人の前に座り直し首に提げたお守り袋から薄汚れた紙片を取り出した。

「あゆは字が読めませんので見てください」

波龍が小さく四つ折りにした紙片を開いてみると「江戸神田黒門町　木立屋はな」と記してある。

「あゆちゃん、これは？」

「おっ母ちゃんの居所なの」

「おっ母ちゃんの名は？」

「はなです」

そこまで聞いた波龍は紙片を絹春に渡した。

「これはあゆちゃんのお母さんの所書きよ。黒門町なら星馬先生の町内よ。江戸へ戻ったら早速当たってみましょうよ」

絹春は所書きをお守り袋にしまいながら「あゆちゃん、おばちゃんたちと江戸に行こうか。そしてお母さんを探そうね」

絹春の突然の言葉にあゆのみならず波龍も驚いた。

「えっ、ほんと？」

あゆは声を弾ませたが表情は半信半疑でまだ本当の笑顔は見えない。波龍はその表情を見て必ず探して会わせてあげなければと自分に言い聞かせた。

波龍は今のあゆの境遇に切なさと不憫さを感じた。何としても母親の温もりを…。

波龍は幼少の頃の自分を今のあゆに重ね合わせていた。あゆは胸が張り裂けるほど母に会いたいだろうと、波龍はあゆの表情を見て切なさを痛いほど感じた。

「絹春さん、今夜わたしが旅籠屋の主人に話してみましょう」

この夜の食事は三人にとって新しい門出のような雰囲気だった。波龍にいたっては、お酒をつけてもいいかなと言うほど気持ちが浮かれていた。

夕餉の膳を下げに来た女中に主人に来るように頼んだ。

「何か御用で？」ほどなく主人が揉み手をしながら現れた。

あゆは絹春の側で不安げな表情でじっと俯いたままだ。

「忙しいのにすまんな、単刀直入に話そう。この子を江戸へ連れて行きたいと思うが」

波龍は侍の言葉で威厳を示した。主人は波龍の唐突な申し出に「えっ？」短い言葉を発して目を剥いた。

「それはどうして、急に言われましても。それにその娘には十両の金が掛かっております。そんな訳ですのではいどうぞというわけにはいきませんな」

主人の言い草は穏やかさを装っているが裏に何かあるような棘を感じた。

「十両は渡しましょう」

主人は波龍の即答に悪知恵が頭をもたげたのか「実は利息が五両ほど付いておりますので合わせて十五両でございます」

「それでよい。証文と受取をもらえば金子は引き換えに渡しましょう」

主人はしてやったりと狡猾な含み笑いを隠すように「では後ほど」言葉を残して下

がって行った。ものの半刻もしないうちに主人は女房を伴って現れた。主人は証文を波龍の前に差し出しながら「なぜそこまであゆを」と。

あゆの引き受けに執着する波龍の気持ちが計り知れないという面持ちで疑問を口にした。波龍は幼少の頃に失明してから長崎の名医の手で開眼、今日のあるまでを聞かせた。自分も母と別れたのが十六歳、江戸へ出て目の見えぬ世界で母だけが恋しかったことも語った。

しかし主人と女房の反応は殆どといっていいほどに薄い。情けよりも金だけがこの夫婦には大事なようだ。波龍は旅籠屋夫婦の人情のなさに怒りを感じながら、あゆだけは幸せになってほしいと願い、その思いだけでじっと怒りを抑えた。

「十両と五両返してもらったのであとはお好きなようにどうぞ」

十五両を返すという波龍の言葉に旅籠屋の夫婦は互いに顔を見合わせ、「それは、それは」同時に言葉を並べた。主人が女将をせっついた。女将は座を立ち、間もなく証文と受取を胸元に押し付けるように持ってきた。波龍から十五両を受け取ると部屋からそそくさと立ち去った。

「おじちゃん、おばちゃんありがとうございます。早くお母ちゃんに逢いたい」

それだけ言うと絹春に抱きついて小さな嗚咽を漏らした。絹春はあゆの小さな背中をそっと撫でてやった。旅籠屋の夫婦が去ると入れ替わるように女中の梅が「これを」小さな風呂敷包みを投げるように置いて行った。あゆの持ち物だ。あゆの貧しさを物語るように湿った下着が二枚入っているだけだった。波龍も絹春もこの時、あゆだけはこれから先、幸せになれるよう道筋をつけて母親に会わすのが自分たちの役目だと思った。

「あゆちゃん、お母ちゃんが見つかるまでおばちゃんをお母さんと思っていいのよ」言葉のあとを引き継いで「うんと甘えていいんだよ」波龍が言葉を添えた。

先ほど主人から受け取った証文を見ると十両の担保にあゆを預かる。期限は五年間とある。借入人の名は八兵衛、記名の下に爪印が押してある。これであゆは晴れて母親と会える身となった。

出立の朝が来た。街道筋は東へ西へ旅人の往来で賑わいはじめている。あゆは絹春の心づくしの旅装束がよく似合う。可愛い旅人が波龍、絹春の二人に加わり花二輪が咲いた。

「あゆちゃん、これを」女中のおさきが小さな紙包みを握らせた。旅籠であゆを可愛がってくれた唯一の味方だ。おさきにもあゆと同じ年頃の娘がいた。あゆと同じように岡崎宿の反物屋に奉公に上がっており、ここ二年は会っていない。

「身体に気をつけて、早くおっ母さんに会えるといいね。この子をどうぞよろしくお願いします」二人に頭を下げるさきの目に大粒の涙が溢れていた。

「おさきおばちゃん、ありがとう」言葉が途切れあゆの目にも涙が溢れた。

おさきが渡した包みには幾らかの文銭と箱根権現のお守りが入っていた。さきのやさしい心遣いの証だ。

「あゆちゃんは素直ないい子です。お母さんが見つかるように助けてやってください」

さきはあゆの前に腰を落とし、あゆの両頬を両手で優しく挟んで目をじっと見て、やがて波龍と絹春を見上げて再び頭を下げた。

「必ずお母さんを見つけてあゆちゃんに会わせますから安心してください」絹春の言葉尻はしっかりしているが、おさきとあゆの別れの姿に涙が止まらなかった。

絹春はおさきに声を掛けたあと「そろそろ出立しましょうか」あゆの頭に手を置いて旅立ちを促した。

「ではこれで」波龍の声に旅籠屋の前に並んだ主人夫婦、番頭、女中、下男は形ばかりの見送りですぐに中に入った。さき一人だけがいつまでも振り返るあゆに手を振って名残を惜しんだ。

「あの夫婦は人買いだよ。あゆは器量良しだから大金で禿として売られるんだよ。さもなければあゆに十五両もの大金なんか出すはずがないよ」

梅が知ったか振りでまたも喋り捲った。

旅籠屋の連中には波龍と絹春のあゆに対する優しい心情を知ることはなかった。街道に沿って流れる小川のせせらぎの中で遊ぶ蛙だけが、三人を見送るように時折飛び跳ねた。

街道を往来する旅人は、美人の絹春に手を引かれる可愛いあゆの姿に振り返り微笑んだ。そして波龍は幼いあゆの足を気遣い、折々に駕籠を使いながら小田原、大磯、平塚、藤沢、戸塚、保土ヶ谷と宿場を経て十日目に江戸に着いた。

十三　あゆが母と再会

江戸は二年前とあまり変わっていなかった。長屋の連中は総出で出迎えてくれた。しかも江戸を発つ時と違い、可愛い娘子を連れて帰ってきたものだから、びっくり仰天の有様だ。一方あゆは初めて見る江戸の賑わいに仰天した。絹春はひとまずあゆと自分の家で暮らすことにした。

開眼した波龍を迎えた長屋の連中は目を見張った。

「へぇ、これが本物の波龍さんかょ…。えらく男前じゃねぇか」

「ますます江戸中の女子がほっちゃおかねぇだろうな」

長屋の連中は口を揃えて褒めちぎった。

江戸に戻って数日が過ぎた。

あゆも初めての江戸に戸惑いながらも絹春の気遣いで少しずつ慣れてきた。

波龍は星馬左衛門の協力を得ながらあゆの母親探しに手をつけた。母親の居所はあっけないほど早く見つかった。木立屋の屋号が決め手となった。木立屋は小間物を商う大店で主人夫婦に番頭、手代、女中を含めて総勢十人からの大所帯である。

はなの亭主、八兵衛は駿府の国近郊の在所で村長に次ぐほどの人望のある人物で、村人から何かにつけて頼られていた。不測の事態が起きたのは三年前の秋の刈り入れを前に村は豪雨に見舞われ稲作は甚大な被害を受けた。収穫は例年の半分にも満たない大凶作となった。このままでは年貢米を納めることは不可能に近かった。八兵衛は村人を代表して村長に窮状を訴えた。村長は足らない年貢米の代わりに金子による金納という苦渋の決断をした。村長は財産の大半を処分することを決めた。この決断を聞かされた八兵衛は何とか五十両を都合することを決めた。村人には一軒当たり一両の供出を頼むことも決めた。しかし一両すら供出できない百姓もいた。このままでは自殺者が出るやもしれないと村長は奉行所へ窮状を訴えた。奉行も窮状を取り上げ年貢を半分に減らすことを承知した。しかし半分になったからとはいえ、その半分を出せるだけの米はなかったのだ。足らない分を金子納めに決めたのだった。この時、村長は財産の大半を処分して二百両を調達した。八兵衛もありったけの財産をはたき、二十両を工面した。あとの三十両の工面がどうしてもつかなかった。

八兵衛は女房のはなと幼いあゆを説き伏せて、はなは二十両の前借金で木立屋へ女中奉公へ、あゆは旅籠に十両の前借金で奉公に出した。

これがあらかたの事情である。

波龍はあゆをはなに会わす前に、あらかたの事情を木立屋の主人に話した方がよいと判断し、出向いた。

二日後に波龍は絹春とあゆを伴って木立屋を訪れた。木立屋は大店の風格を誇るように店先では手代や丁稚が忙しそうに立ち働いている。波龍たちが着くと刻を同じくして星馬左衛門が到着した。この様子に店先は大騒ぎになった。侍が二人と美女に可愛い小娘が現れたのだから無理もない。

案内された奥座敷には主人と内儀が四人を迎えた。訪問の用件はすでに伝えてある。

あゆは波龍と絹春の間に正座して俯いている。子供心に緊張しているのだろう、時折絹春の手を握り締める。絹春の手にあゆの湿っぽい感情が伝わってくる。

「あゆちゃん、大丈夫よ」

絹春はあゆの緊張を解すように小さい手を両手で優しく包んでやった。その時、襖の向こうで足音がした。「よろしゅうございますか」声と同時に襖が引かれた。女中頭と思しき女の後ろにあゆが恋しかったはなが続いていた。

「旦那様、お連れしました」

「さぁ、こっちへ」主人が手招きした。

あゆの目に涙が溢れた。すぐにも「お母ちゃん…」と抱きつきたい衝動をじっと我慢している風情に絹春はいじらしさを感じ目に涙が溜まった。

「波沼様がお探しのはなです」主人が紹介した。

「さぁさぁ、あゆちゃんと言ったね。お母さんの側へ来なさい」内儀が声を掛けた。

「あゆちゃん、お母さんに会いたかったよね」

絹春はあゆを立たせ小さな背中を押してやった。絹春はその時ふと、これであゆとももお別れになると思った。愛おしさが倍加し涙がまたもこぼれ小さな嗚咽が波龍の鼓膜をたたいた。

あゆは波龍と絹春の顔を交互に見ながら涙を手の甲で拭い、二人の前に正座して小さな頭を下げた。これがあゆのいじらしい精一杯のお礼だ。その陰で、はなは目頭をそっと押さえていた。

「母ちゃん…、母ちゃん逢いたかった」

あゆの細った声が尾を引いて居間にいる大人の耳に忍び込んだ。円らな穢れのない瞳からまたも大粒の涙が落ちた。あゆは崩れるようにはなの胸に抱きついた。

「あゆ…」はなの感情が高ぶっているのか声が震え言葉の後が続かない。慈しむようにあゆの背中を撫でるだけだった。

はなは涙を拭おうともせずまたも波龍、絹春の方に向かい何度も何度も頭を下げた。この光景に豪快さでは誰にも引けを取らない星馬左衛門も、あゆ親子から顔を逸らして目頭を押さえていた。豪快な星馬左衛門の優しさの一面を波龍をはじめ座にいる者が知った。

「あゆちゃん、嬉しいだろう。おっ母さんに逢えて」気のせいか波龍の声も揺れていた。

「はい」

波龍の問いかけにこっくりした。あゆは涙声でそれでも嬉し気な声が室内に響いた。

「あゆちゃん、これからはおっ母さんとここにいていいんだよ。ねぇ旦那様、離れの部屋を使わせたら」

内儀があゆの頭に手を添えて主人に口添えをした。

「いいとも、いいとも。そうしてあげなさい」

主人の優しい言葉にはなは、あゆと一緒に住めるかどうか一抹の不安が吹っ切れた心境で顔に安堵の表情が戻った。

「ありがとうございます。あゆ、よかったね」

はなはあゆの頬を両手で挟み両親指であゆの涙を拭ってやった。その指で自分の目頭を押さえた。

「波沼様、これでよろしいでしょうか」

主人が座の空気を和ますように声を掛けた。

「ご亭主、差し出がましいようですが、はなさんの借入金はいかほどばかり残っているのですか?」

「それが…」

主人は星馬左衛門の突然の問いに怪訝な表情で問い返した。波龍も絹春も内儀もはなも皆が星馬に顔を向けた。

「いや、ちょっと…」星馬の語尾が途切れた。

「あと十両ばかりですかな」

主人は宙に目を向ける仕草で答えた。

「ご亭主、その十両を拙者に肩代わりさせてもらえませんか」

突然の言葉に座が少しばかり騒ついた。

「また、どうして…」主人は問い返した。

「お侍様、とんでもございません」はなが拒絶するほどの強い言葉を出した。

主人の言葉とはなの言葉が重なった。

波龍も真偽を質すように「星馬殿、どういうことですか?」

「実を申せばわたしにもあゆちゃんと同じ年頃の娘がいたのだが、訳あって妻とは離縁して以来、一度も会ってはおりませんので…」

星馬にしては珍しく哀しげな表情を見せた。波龍も絹春も初耳だった。

「今日、はなさんとあゆちゃんの再会に立ち会って、ちと昔を思い出して」

星馬は過ぎし日を懐かしむように目を宙に向けた。

「せっかく会えた母娘、これから一緒に暮らす日々、借金があっては何かにつけ心苦しいことであろう。ご亭主の好意で住まいも決まったことだし心機一転、新しい門出をするためにも身軽になればと思って」

星馬左衛門は借金肩代わりの心境を掻い摘んで話した。

「はなさん、わたしの申し出を受けてはもらえませんかな」

はなはこの場をどう返答してよいものか思いあぐねていた。一方、星馬の話を聞いていた波龍は、

「はなさん、結構な話じゃありませんか、素直に申し出を受けられたらどうです。あゆちゃんにとってもそれが一番良いことだと思いますよ」

「旦那様、わたしはどうすれば…」

「せっかくの申し出、喜んでお受けしなさい。あとはわたしがちゃんとしますから」

「よし、これで決まりました。明日、金子を届けましょう」

この時ほど普段の星馬左衛門よりも度量の大きさが波龍の胸を衝いた。

「あゆちゃん、よかったわね」

絹春があゆの側へ寄って声を掛けた。

「星馬殿、ありがとうございます」

波龍は畳に両手をついて深々と頭を下げ本心から礼を述べた。

「頭を上げなされ、わたしも人生を振り返ってみて今、一つや二つ誰かのお役に立て

ることをしたくなったまでのことで…」

星馬は照れくさそうに右手を左右に振って波龍の言葉を遮る仕草をした。

「はなさん、あんたはいい娘子を持ったね。波沼様とあゆちゃんのご縁で今度は星馬様からこうしてご援助いただけるなんて、そうそうあることではありませんよ。感謝しなければね」

主人は優しい笑顔で声を掛けた。

「なんとお礼を申し上げてよいやら。本当にありがたいことです」

はなは声を震わせて星馬左衛門と波沼龍之伸、絹春そして主人に幾度も頭を下げ続けた。

「お二人のご好意を目の当たりにして、わたしにもこの娘子に何かさせてもらいましょう。そうだ、星馬様から肩代わりいただいた金子は、はなのご亭主の借金の返済の少しの足しにでもなればと思い差し上げよう」

主人は目を細めてにこやかに口を開いた。

「旦那様、わたしからもお願いがございます。二人にしばらく暇を与えてあげたらどうでしょう」

内儀が誰もが考え付かないことを口にした。主人はもとより波龍も絹春も星馬も同時に「えっ」と小さい言葉が飛び出した。はなは身を硬くしたままあゆの手を引いた。

座の様子が急変したことに気づいた内儀が「ほほっ」と小さな笑みを見せた。

「旦那様、暇と言っても店を辞めてもらうというのではありません。せっかく、母娘一緒になれたわけですから、はなさんのこれまでの働きにご褒美としてお休みをあげたらと申し上げたのですよ」

内儀は場を和ますように大仰な仕草でホホホホと笑ってみせた。

「暇などと言うものだから、てっきり」

主人は早とちりを誤魔化すように「そういうことか」と茶碗の底に残った煎茶をすすった。波沼龍之伸、絹春、星馬左衛門も顔を見合わせ笑顔をほころばせた。

「はなの在所は駿府だったね。ご亭主は健在なんだろう。あゆちゃんも逢いたいだろう」

「ええ」あゆは哀しそうな目ではなを見上げた。

「はな、ひと月ゆっくりしてきなさい」

「旦那様、そんなとんでもないことです」

「いやいや、これははながお店でよく働いてくれたご褒美だよ」

「そうさせてもらいなさい」

「あゆちゃん、嬉しいよね」波龍も絹春も口添えした。

あの嬉しいあゆとはなの再会から十日が過ぎた。品川宿を後に駿府へ急ぐはなとあゆ母娘の睦まじい姿が見受けられた。あゆの旅装束は箱根の旅籠を出立する時に、絹春が用意したものだ。五月の空は旅立ちを祝うように晴れ渡っている。

木立屋の主人ははなとあゆの旅立ちに際してひと月の休みを与えた上に、十二分な仕度を施したことを付け加えておこう。

はなとあゆを見送った波沼龍之伸と絹春は数日後、江戸を後に日光街道を北に向け進路をとっていた。

絹春は星馬家の長兄、右衛門夫妻の養女として星馬家から波沼龍之伸に嫁ぐことが決まり、龍之伸のふるさとである陸奥を目指していた。

完

著者プロフィール

片岡 利雄（かたおか としお）

1936年、大阪市生まれ。

戦前・戦中・戦後の激動を経験し、今日に至るなかで、1965年、電子産業の発展を見越し、先進諸国の電子技術・動向・情報を提供する株式会社プリント回路ジャーナルを設立。日本をはじめ米国、欧州、アジアの電子機器企業に紙面を通じて提供し続け、現在に至る。

1968年11月6日、初渡航。訪問国はドイツ、イギリス、フランス、アメリカの各国の電子技術・市場動向などの外に関連展示会を取材、現在に至るまでに、前記訪問国以外にもスイス、イタリア、ギリシャほか東南アジア各国を含め15ヶ国を取材、渡航回数は81回を超える。

1992年、東京港をまたぐ吊り橋の名称募集に「レインボーブリッジ」で応募、最優秀作名として受賞（複数名あり）。2008年「東京下町人情物語・お涼恋唄」日本文学館短編小説審査員特別賞受賞。2009年、日本文学館「明日は幸福か？」を問う165編の１編に「ありがとう・演歌・感謝」が掲載される。2010年「吉祥寺と小さなバー」コピスエッセイコンテストで佳作賞受賞。

明鏡止水　杖剣奔る（じょうけんはしる）

2023年７月15日　初版第１刷発行

著　者　片岡 利雄
発行者　瓜谷 綱延
発行所　株式会社文芸社
〒160-0022　東京都新宿区新宿１－10－１
電話　03-5369-3060（代表）
03-5369-2299（販売）

印刷所　株式会社暁印刷

ISBN978-4-286-24236-1